Diogenes Taschenbuch 21318

Georges Simenon

Emil und sein Schiff

Erzählungen

Deutsch von Angela von Hagen

Diogenes

Titel der Originalausgabe:
›Le bateau d'Emile‹
Copyright © 1954 by Georges Simenon
Die Erzählung »Die Frau des Lotsen«
erschien erstmals in deutscher Sprache 1985
in *Liebesgeschichten aus Frankreich*
im Diogenes Verlag;
»Monsieur Safts Schicksal« erschien erstmals
deutsch im *Tintenfaß Nr. 10.*
Umschlagfoto: Annie Girardot
und Lino Ventura
in dem Film ›Le bateau d'Emile‹ von
Denys de La Patellière (1961)

60/92/36/2
ISBN 3 257 21318 2

Inhalt

Die Revolte des Canari

Laufen – wie im Alptraum, mit weichen Knien, durch einen winzigen unendlich erscheinenden Korridor. Hinter sich die verglaste Küchentür, die sich öffnet, um den Feind einzulassen. Die weit ausholenden Schritte des Feindes. Die Angst, die Tür vorne nicht mehr zu erreichen, die Tür zur Straße, mit dem immer offenstehenden Briefkasten. Keine Zeit mehr, sie zu öffnen, die Glocke zu ziehen, bevor sich eine Hand auf einen legt... Man wird immer vor einer geschlossenen Tür eingeholt; eine Viertel-, eine Zehntelsekunde hat gefehlt.

Die glitschige Türschwelle, das feuchte Trottoir, die verlassene Straße, mehr als verlassen, völlig verödet. Die vier Provinz-Gaslaternen und die Ziegelmauer der Schule gegenüber...

Ohne sich umzudrehen, rannte der Canari bis zur Straßenecke. Sein Herz klopfte so stark, daß er nicht gewußt hätte, ob er Schritte hinter sich hörte oder nicht. Er bog um die Ecke, blieb stehen, hielt eine Weile inne und kehrte dann wieder um, wie ein kleiner Junge, der Räuber und Gendarm spielt; dann lugte er vorsichtig mit einem Auge um die Mauerecke.

Hinter den vier Gaslaternen schimmerte ein Lichtschein oder vielmehr ein Lichtviereck von undefinierbarer Färbung. Er kam aus der offenstehenden Tür seines Hauses, und die Färbung war undefinierbar, weil im Korridor eine Laterne mit verschiedenfarbigen Glasscheiben brannte.

In dem Lichtviereck stand sein Vater, in Hemdsärmeln, der Straßenecke zugewandt.

Erkannte er den struppigen Kopf seines Sohnes?

»Ernest!« rief er, »Ernest...«

Obwohl er zornig war, dämpfte er seine Stimme, um nicht die Nachbarn zusammenzurufen, die noch nicht schliefen. Es fiel ein nieseliger Kleinstadtregen, leise und zögernd. Im 1. Stock eines Hauses öffnete sich ein Fenster, es war bei dem Klavierlehrer. Auch Ernests Mutter erschien jetzt in der Tür. Sie beugte sich vor, ohne über die Schwelle zu treten, so wie sie es tat, wenn sie nach dem Gemüsehändler Ausschau hielt.

Der Canari hinter seiner Mauerecke keuchte mit zusammengepreßten Zähnen:

»Ich hasse sie! Ich hasse sie! Ich hasse sie!«

Er zitterte am ganzen Leib. Er erriet, daß sie halblaut redeten, sein Vater und seine Mutter im Hauseingang. Seine Mutter sagte sicher:

»Komm wieder rein, Joseph, du wirst ja ganz naß...«

Oder nein! Wie er sie kannte, hatte sie das Licht bei dem Klavierlehrer gesehen und gab ihm den Rat:

»Vorsicht, die Nachbarn...«

»Ich hasse sie! Ich hasse sie! Ich tu, was ich gesagt habe. Dann werden sie schon sehen...!«

Er sprach halblaut, die Tränen liefen ihm herunter. Der feine Regen legte sich auf sein weizenfarbenes Haar, das ihm den Spitznamen Canari eingebracht hatte. In seinen linken Schuh drang Wasser. Daran war er gewöhnt.

»Jetzt haben sie's! Sie hätten ja nur… sie hätten ja nur…«

Auch die Rue Gambetta war fast leer. Nur eine gelbe Trambahn war gerade über die Brücke gefahren. Sie war noch weit weg und schlingerte, als bewegte sie sich unsicher auf den zu glatten Gleisen.

»Ich töte irgendwen, den erstbesten, den ich erwische. Dann werden wir ja sehen… Ich hasse sie!«

War alles wegen einer Mütze so gekommen? Es gab noch vieles andere, aber die Mütze war der Auslöser gewesen.

»Alles Heuchler, die dreckigen Typen, die sich nicht mal jeden Tag die Füße waschen…«, wiederholte er im Weiterlaufen, wobei er sich manchmal mechanisch umdrehte, wenn ihn die Angst packte.

Ja, alle! Und Monsieur Griset allen voran. Der stank wie eine Wanze, moralisch und physisch, wie eine Wanze, auch wenn er Abteilungsleiter war.

»Ich möchte Sie doch sehr bitten, Monsieur Archambault, künftig die Bank in einem dezenteren Aufzug zu betreten…«

Und er nahm die karierte Mütze des Canari zwischen seine Finger mit den schmutzigen Nägeln. Er schwenkte sie hin und her wie einen widerwärtigen Gegenstand.

»Ich zieh mich an, wie es mir gefällt…«

»Ich wiederhole, mein junger Freund...«

»Ich bin nicht Ihr junger Freund... Außerhalb meiner Arbeit kann ich...«

Das kam davon! Man brauchte ihn ja schließlich nicht zu reizen! Er war auch so unglücklich genug! Und er hatte sich so lange eine karierte Mütze gewünscht. Wollten sie es genau wissen, ja? Er würde es schon sagen, wenn man ihn drängte. Er hatte die Nase voll. Also gut! Die 25 Franc für die Mütze hatte er geklaut, aus dem Geldbeutel seiner Mutter, immer mal 2 Franc, mal 50 Centime, damit es nicht auffiel.

Und dann! Wer in der Bank hatte so wenig Geld in der Tasche wie er? Wer hatte die ganze Zeit um ein Fahrrad gebettelt, um ein richtiges Fahrrad, wie es alle anderen auch hatten, mit dem man sich sehen lassen konnte? Und wem hatte man nach einem Jahr ein gebrauchtes Rad gekauft, mit einer schwarzen Lenkstange wie das von einem Pfaffen und das nicht mal einen Freilauf hatte?

Hatte sein Vater nicht über 200 Franc für eine Meerschaumpfeife hingeblättert?

»Dein Vater ist dein Vater!« hatte ihm seine Mutter geantwortet, »er hat vierzig Jahre seines Lebens dafür gearbeitet.«

Wofür? Für eine Meerschaumpfeife?

»Abscheuliche Egoisten! Ah! Und ich bin die Schande...«

Welche Schande? Die Schande der Familie? Eine schöne Familie, wirklich! Wie war Tante Marthe reich geworden, he? Die besaß ein Café, mit ihren beiden Töchtern an der Theke! Und als sie zu Besuch da war, am Donnerstag nachmittag, hat sie um die Wette gejammert und sich nicht verkneifen können zu seufzen:

»Meine arme Germaine!... Sag mal, machst du dir denn keine Sorgen um deinen Sohn? Mir scheint, er hat recht komische Manieren...«

Gut! Er war betrunken gewesen, als er heimkam, klar?! Man brauchte es ja nicht auch noch anzumerken. Und seine Mutter brauchte nicht mitten im Essen loszuschluchzen, als wäre es eine Katastrophe:

»Wenn das so weitergeht, bin ich lieber tot... mein Sohn betrunken, mit siebzehn Jahren...«

Betrunken! Weil er ein paar Aperitifs getrunken hatte! Und dann, sein Onkel Arthur, den man nicht zu kennen vorgab, wenn man ihm auf der Straße begegnete, und der vom Architekten auf die Stufe eines Anstreichers herabgesunken war!

Er hatte ganz bewußt getrunken! Es war ihm völlig klargewesen, was er tat. Es ekelte ihn, und das war sein gutes Recht! Als er aus der Bank gekommen war, war er zu *Ferrari* gegangen, in die kleine italienische Bar. Er hatte sich an die Theke gelehnt, sich im Spiegelglas zwischen den Flaschen betrachtet und bitter gelächelt.

»Ich will mich besaufen«, hatte er Ferrari angekündigt.

»Geht's Ihnen nicht gut, Monsieur Ernest?«

Oh! Es war fast nichts gewesen! Nur daß ihn der Direktor, der ihn sonst nie ansah, hatte rufen lassen. Er hatte ihn von Kopf bis Fuß gemustert, wobei er mit hoch übereinandergeschlagenen Beinen dasaß und mit einem Papiermesser spielte.

»Wie lange sind Sie jetzt in der Bank?«

»Drei Monate, Herr Direktor...«

»Nun denn, Monsieur Archambault! Zu meinem Bedauern muß ich Ihnen mitteilen, daß Sie wenig Chancen haben, in drei Monaten immer noch da zu sein. Es ist mein Ernst: Bei der ersten Klage Ihres direkten Vorgesetzten, Monsieur Griset, werde ich mich leider gezwungen sehen, auf Ihre Dienste zu verzichten. Ich füge hinzu, daß, wenn Ihr Vater keinen so ehrenhaften Ruf hätte...«

Immer wieder sein Vater! Sein Vater, der vierzig Jahre am selben Platz gestanden hatte, hinter seinem schwarzen Ladentisch in einer Eisen- und Kurzwarenhandlung, deren tristen Geruch er abends in den Falten seiner Kleider mit nach Hause brachte.

»Ich hoffe, daß Sie, wenn schon nicht um Ihretwillen, dann wenigstens um Ihrer Eltern willen, das Nötige tun... Kommen Sie doch mal näher, bitte... noch näher...«

Der miese Typ! Mit welch übertriebener Lässigkeit, welch grandseigneuraler Herablassung er aus der Außentasche von Canaris Jacke die Pfeife herausgezogen hatte, deren Mundstück herausschaute.

»Bei einem Bankangestellten würde man an dieser Stelle eher einen Füllfederhalter vermuten... Gehen Sie!«

»Einen Pernod, Ferrari...«

Zwei Pernods, drei Pernods, so viele Pernods, als

es brauchte, um umzukippen und zu allen l... m... a... A... zu sagen! Er sah sich noch immer im Spiegelglas. Er lächelte, mit einem Lächeln, das er außerordentlich fand, einem Lächeln, in dem die ganze Bitterkeit der leidenden Menschheit lag.

»Hör zu, Ferrari, ich zahl's dir gleich... ich hab meinen Geldbeutel vergessen...«

»Ich glaub eher, Sie liegen gleich unterm Tisch... Sie haben Ihre kleine Rechnung vom letzten Mal doch nicht vergessen?«

»Ich zahl schon, mein Lieber, keine Angst...«

Wenn er in der Bank vor die Tür gesetzt wurde! Und das konnte nicht lange auf sich warten lassen. Er mußte es zu Hause sagen! War er nicht schon in der Bücherei wegen schlechter Führung vor die Tür gesetzt worden? Eine furchtbar schlechte Führung, in der Tat! Zweimal hatte ihn der Patron erwischt, als er auf dem Lokus Pfeife rauchte!

Und vorher war er schon vom Gymnasium gefeuert worden.

»Aus deinem Sohn wird nie was Rechtes...«

Er war bereits nicht mehr der Sohn seiner Mutter. Sie sagte »dein Sohn«, wenn sie zu ihrem Mann von ihm sprach, wie um sich der Verantwortung zu entziehen. Sie hatte ja »ihre« Tochter, dieses Miststück von Yvonne, das so gut Komödie spielen konnte.

»Ich sag Mama, daß du ein Foto von einer nackten Frau in deiner Brieftasche hast.«

»Und ich sag ihr, daß ich dich neulich abends mit einem Jungen in einer Mauernische gesehen habe.«

»Sie glaubt dir ja eh nicht... Versuch's doch!«

Das stimmte. Dem Canari glaubte man nicht, aber seiner Schwester. Sie bekam neue Kleider, und er hatte Schuhe an, die Wasser durchließen. Sie lud ihre Freundinnen zum Tee ein, und er mußte, als er noch ins Gymnasium ging, mit abgewandtem Kopf an der Bäckerei vorbeigehen, in der seine Kameraden saßen und Eis aßen. Die ganze Zeit, die er auf dem Gymnasium verbracht hatte, hatte er Sehnsucht nach Eis gehabt. Er war von allen am schlechtesten angezogen gewesen. Er hatte nur Bücher aus zweiter Hand gehabt. Er konnte nicht mit der Trambahn fahren, weil das zu teuer war, und wenn er nicht unter den drei ersten war, wurde er angeschnauzt.

»Die Eltern opfern sich auf, und wir opfern uns auf, um aus dir...«

»Ich hasse sie! Ich hasse sie! Ich hasse sie!...«

Er hatte das Foto einer nackten Frau in der Brieftasche, und wenn schon? An dem Tag hatte er schon Schlimmeres getan. Kurz nachdem er bei Ferrari weggegangen war... Ihm war da etwas eingefallen. Vielleicht weil er betrunken war...

»Verdammt nochmal! Ich zahl mir eine...«

Er machte einen Umweg. Er stieß eine Tür mit einem roten gerippten Vorhang auf. Eine Art Viehhändler saß drinnen, der laut lachte und mit einem Riesenmädchen schäkerte.

Der Canari war rot geworden wegen des Viehhändlers. Er sagte sehr höflich zur Patronne:

»Kann ich Sie einen Moment sprechen?«

»Was willst du, Kleiner?«

»Ich hab kein Geld bei mir... Aber ich lasse Ihnen meine Uhr... sie ist aus Silber...«

Der andere, mit seinen kupferroten Backen und seiner zum Platzen vollen Brieftasche, lachte ihm ins Gesicht. Es war ein beleidigendes Lachen.

»Unmöglich, mein Junge... Wegen der Polizei, verstehst du? Komm ein andermal wieder...«

Er war kaum bis zur Tür gekommen, als hinter ihm ein verstärktes Gelächter aufbrach.

»Gut! Ich komme heut abend wieder... ich werd's ihnen schon zeigen...«

Er war nach Hause gegangen, seine Augen glänzten. Er bewegte sich gleichzeitig weich und mit zu großer Bestimmtheit. Er stieß die verglaste Küchentür auf und ließ sich auf einen Stuhl fallen.

Sie aßen in der Küche. Es gab zwar ein Eßzimmer, sogar einen Salon mit einem Piano – für Yvonne natürlich –, aber sie aßen in der Küche. Sie waren kleine Leute. Sein Vater setzte sich in Hemdsärmeln zu Tisch! Die Füße wurden in einer Waschschüssel auf dem Boden gewaschen. Und im Winter wusch sich jeder samstags in der Küche, weil es da wärmer war, und hängte ein Tuch vor die Tür.

»Du ißt nichts?«

»Ich habe keinen Hunger...«

»Was hast du?«

»Nichts...«

Was er hatte? Er ekelte sich! Vor allem, vor seinen Eltern, vor sich selber, vor der Bank, davor, wie er lebte, und davor, was ihn erwartete. Himmel! Wo hatte er seine Mütze gelassen? Er mußte sie auf der Theke liegengelassen haben, neben dem Viehhändler.

»Was suchst du?«

»Nichts...«

»Wo ist deine Mütze?... Hast du sie etwa *schon wieder* verkauft?«

Einmal hatte er eine Simili-Uhrkette verkauft, die ihm seine Tante zur Firmung geschenkt hatte.

»Joseph! sieh dir mal deinen Sohn an... es sieht aus, als hätte er getrunken...«

»Laß deinen Atem riechen... schämst du dich nicht? Was hast du getrunken?«

»Ein paar Pernods...«

»Geh schlafen...«

»Nein! Ich muß zuerst zu Oskar.«

»Zu wem?«

»Oskar, mein Kollege von der Bank...«

Warum hatte er diese Geschichte erfunden? Er stopfte sich die Pfeife und lehnte sich auf seinem Stuhl zurück. Sein Gesichtsausdruck wurde verschlagen. »Ich muß Oskar helfen... Er ist wie mein Bruder...«

»Hast du mit ihm getrunken?«

»Er ist wie mein Bruder, und er hat TB...«

Seine Augen wurden feucht, er verspürte das Bedürfnis, es noch einmal zu sagen:

»Und er hat TB...«

Das stimmte. Oskar, der Sohn des Polizeibeamten, hatte Tuberkulose. Aber die übrige Geschichte war erfunden. Der Canari sah unaufhörlich das glänzende Gesicht des Viehhändlers vor sich.

»Er brauchte Geld, und er hat sich was aus der Kasse geliehen...«

»Er hat das Geld aus der Bank genommen?«

»Er mußte es Ende des Monats zurückgeben... Gerade vorhin ist für morgen eine Untersuchung angekündigt worden... Also...«

»Ernest, sieh mich an... Gib zu, daß du selber...«

»Es ist Oskar gewesen... er hat TB... ich hab zu ihm gesagt: ›Sieh mal, Oskar, unter Freunden... die hundert Franc, die du genommen hast, ich leih sie dir und...‹ «

Um ihn her wurde alles immer verschwommener. Der Tisch glitt zurück. Nein. Es war sein Stuhl, mit dem er zu weit nach hinten gekippt war, und der schwankte. Er fand sich auf dem Fußboden wieder.

»Joseph, geh schlafen... es ist eine Schande... es bringt mich um...«

»Na, na! Es passiert jedem mal, daß er umkippt... Aber das mit den hundert Franc, das ist eine verfluchte Angelegenheit...«

Die Mutter schluchzte. Sofort tat auch das Miststück von Yvonne so, als würde sie weinen, dabei beobachtete sie ihren Bruder zwischen ihren Fingern hindurch.

»Ich muß die hundert Franc haben, oder...«

»Joseph! Wenn du...«

Hatte er nicht die Worte gehört: »vor die Tür setzen«?

»Vor die Tür? Vor die Tür? Ich geh von allein, vor die Tür…«

»Joseph! Ich flehe dich an… tu was… sag was… ich werde noch krank, ich werde verrückt… mit einem Sohn, der…«

»Einem Sohn, der was? Wenn ihr glaubt, ich tauge nicht ebensoviel wie jeder andere…«

»Du landest noch im Gefängnis, jawohl! Das Geld… du hast es genommen…«

»Das ist nicht wahr…«

»Du hast doch schon immer gelogen… schon mit acht hast du mich angelogen und Zucker aus dem Schrank gestohlen…«

Alle wirbelten durcheinander, gestikulierten, schrien und heulten herum, in der viel zu kleinen Küche, zwischen dem Herd und den Pfannen, die überkochten, dem unabgeräumten Tisch und der kupfernen Pendeluhr, an die der Canari mit der Schulter stieß.

»Da wär ich lieber, im Gefängnis, als so weiterzuleben wie ihr…«

»Gibt's denn kein Mittel, ihn zum Schweigen zu bringen?«

Alles war unzusammenhängend, abgerissen. Was hatte er noch alles gesagt? Jedenfalls hatte er eine Ohrfeige bekommen, und er hatte ganz unüberlegt einen Stuhl an der Lehne gepackt.

»Joseph! Er wird dich schlagen… Siehst du denn nicht, daß…«

»Ja, ich gehe ins Gefängnis! Ich will ins Gefängnis! Ich will sogar sofort ins Gefängnis! Jawohl! Ich bin die Schande der Familie, weil ich zwei Gläschen getrunken habe... (inzwischen waren es nur noch zwei, und es waren Gläschen geworden), weil ich zwei Gläschen getrunken habe, und weil ich euch um hundert Franc für meinen Freund Oskar bitte, der TB hat... Ich gehe sofort hin, ins Gefängnis... mir fällt schon was ein, damit ich reinkomme...«

Er war wie rasend, er keuchte. Ein elektrischer Strom lief durch seinen Körper. Er stolperte die Treppe hinauf, übersprang die Stufen und rannte in das Zimmer seines Vaters.

Mit stockendem Atem war er wieder heruntergekommen. Er stieß mit einem Fußtritt die Küchentür auf und schwang einen Revolver.

»Joseph! Joseph!... der Unselige...«

»Ja, ich gehe ins Gefängnis... den erstbesten, den ich treffe, bringe ich um... Dann habt ihr wenigstens nicht umsonst von der Schande der Familie gesprochen...«

Sein Vater hatte seinerseits einen Stuhl gepackt. Irgend etwas war in Stücke gesprungen. Der Canari war gerannt... die Tür mit dem Briefkasten... das Trottoir... der Regen... die Straßenecke und sein Vater in Hemdsärmeln auf der Türschwelle.

»Ich hasse sie!... Ich verabscheue sie!«

Sein Vater mit seinem langen Schnurrbart und seinen vierzig Jahren in seinem Laden, seine Mutter, die nie ohne ihre verwaschenen Zwirnhandschuhe auf den Markt ging, seine Schwester, die kein größeres Vergnügen kannte, als dafür zu sorgen, daß er eine Strafe einstecken mußte, seine Tanten, Monsieur Griset, der Direktor mit seiner Geste, mit der er ihm die Pfeife aus der Jackentasche geholt hatte, alle, alle ohne Ausnahme, und vor allem der Viehhändler, der nicht kapierte, daß ein junger Mann seine Uhr anbietet, um...

An mir liegt's nicht!

Er zitterte immer noch. Es war zum Umkommen. Er versuchte mühsam, das Zittern, das ihn schüttelte, für einen Augenblick abzustellen, aber es gelang ihm nicht. Vielleicht war es die Wirkung des Alkohols? Und dann noch Ferrari, dem er morgen nichts würde zahlen können und der ihm die Tür weisen würde!

Wieder heimgehen? Auf keinen Fall! Morgen in die Bank gehen, um sich vor die Tür setzen zu lassen?

Und dann?

Ein Jahr lang hatte er gejammert, bis er ein Fahrrad bekam!

»Dein Vater hatte in deinem Alter auch keins!«

Und die Mütze! Er hatte so lange gebraucht, um die nötige Summe zusammenzukratzen, daß sie ihm gar keinen Spaß mehr machte. Und so war es mit allem. In seinem Zimmer gab es kein Waschbecken, er hatte nur einen weißen Holztisch mit einer Emailschüssel.

»Du zerbrichst ja doch alles! Du wärst schnell fertig mit einer Porzellanschüssel...«

Und sie wunderten sich, daß es ihm am Sonntagnachmittag bei Tante Mathilde nicht gefiel, wenn die ganze Familie stundenlang rund um den Tisch hockte und über Krankheits- und Todesfälle sprach.

»Und wie sie seufzen und lamentieren!«

Er platzte in ein kleines Café, das noch geöffnet hatte. In dem grauen Dunst sah er zwei Männer, die Billard spielten, als ob die übrige Welt nicht existierte. Er hatte noch ein ganz klein wenig Geld in der Tasche. Der Patron saß halb schlafend neben dem Ofen und betrachtete ihn unter seinen schweren Augenlidern hindurch.

»Geben Sie mir ein Glas Trester...«

Der andere zögerte. Beinahe hätte er seine Massen in Bewegung gesetzt. Doch dann entschied er sich für seine Ruhe.

»Um diese Zeit wird nichts mehr zu trinken serviert, junger Mann.«

Ebensogern hätte er eine Ohrfeige bekommen. Einer der Spieler sah ihn an, und der Canari war sicher, daß er ihn für betrunken hielt.

»Die Herren trinken ja auch was...«

»Die sind vor elf Uhr bedient worden...«

Er preßte die Zähne zusammen und ging hinaus. Was für ein Elend! Wenn er nur irgendwas zum Hinunterschütten gehabt hätte, um sich zu beruhigen...

Da würden sie aus der Haut fahren, wenn sie ihn im Gefängnis wüßten. Und bei der Gerichtsverhandlung würde er es ihnen sagen: Heuchler waren sie alle, jawohl!

Er hätte auf den Patron schießen können, aber dann hätten sich vielleicht die beiden anderen auf ihn gestürzt und ihn geschlagen. Er hatte Angst vor dem Schmerz, dem Blut, und vor allem vor den Faustschlägen auf die Nase. Einmal hatte er welche abgekriegt, und die waren ihm in schlechter Erinnerung geblieben.

Ein Reißen ging durch seine Brust, vielleicht war es der Hunger. Unbewußt umklammerte seine Hand noch immer den Revolver in seiner Tasche. Es war ein alter Trommelrevolver, der schon seit endlosen Jahren im Nachtkästchen lag.

»Ich werde ihn nicht töten. Bringt ja auch nichts... sie sind genug gestraft, wenn ich ins Gefängnis komme...«

Eine Kugel ins Bein zum Beispiel...

»Den erstbesten, den ich erwische... ja, den erstbesten... das hab ich mir geschworen... sonst mach ich's vielleicht nicht mehr... und weiß Gott, was dann passiert...«

Er machte ein paar Schritte. Er atmete schwer. Er fürchtete sich davor, eine Silhouette aus dem Schatten kommen zu sehen, und als sie schließlich auftauchte, ganz nahe bei der Brücke blieb er abrupt stehen und stieß hervor, ohne zu wissen, was er sagte:

»Hände hoch!«

Er fuchtelte mit dem Revolver herum. Er wußte nicht, ob er auf die Beine zielte oder nicht. Er drückte ab. Er wartete mit Schrecken auf den Knall, aber nichts geschah.

Oder vielmehr stürzte sich eine gewaltige Masse auf ihn. Er empfing einen fürchterlichen Schlag auf den Arm, die Waffe rollte zu Boden.

»So ein Dreckskerl...«

Die Stimme kam ihm bekannt vor. Er schloß die Augen. Es hagelte Fußtritte auf seine Schienbeine.

»Aber das ist ja der kleine Straßenbengel von Canari... ich hab doch immer zu meinem Sohn gesagt...«

Er öffnete halb die Augenlider. Er brauchte nicht genau hinzusehen, um den Wachtmeister Leroy zu erkennen, Oskars Vater, in seiner Uniform mit den Silberknöpfen, die ihm die Illusion eingab, er sei der Herr des ganzen Viertels.

»Als ich ihm verbot, einen kleinen Ganoven wie dich zu besuchen... Aber das wird sich ändern, mein Junge... Aha! Man verübt jetzt bewaffnete Überfälle...«

»Lassen Sie mich los... Sie sollen mich loslassen... und überhaupt hab ich Ihnen nichts getan... es war nur zum Scherz...«

Die Angst, die er kurz vorher empfunden hatte, als er durch den Korridor lief, war nichts gegen die, die er jetzt empfand. Ein schmerzhafter Zusammenbruch. Es kam ihm vor, als würde er sich in seine Bestandteile auflösen, während ihm gleichzeitig zehntausend Zangen das Fleisch herausrissen.

»Lassen Sie mich los... ich schwöre Ihnen... ah...« Der Koloß trug ihn unter dem Arm weg wie ein Paket. Seine Füße schleiften auf dem Boden. Sein Kopf hing hinunter.

»Wir werden sehen, junger Mann...«

Da schlug er plötzlich seine Zähne in die dicke Hand, die er in der Dunkelheit milchigweiß vor sich sah. Er biß mit aller Kraft, fiel zu Boden, stand wieder auf und begann zu rennen, wie er nie in seinem Leben gerannt war. Im Zickzack, denn der Wachtmeister Leroy hatte längere Beine als er.

Lange Zeit, unendliche Minuten lang, hallten die Schritte der beiden Männer durch die leeren Straßen der Stadt. Manchmal hatte der Canari das Gefühl, daß ein warmer Atem seinen Nacken streifte, und stürzte mit aller Kraft vorwärts. Dann war er wieder so tief vorgebeugt, daß er nur wie durch ein Wunder die Beine hob, wenn er ein Trottoir auf sich zukommen sah.

Er kam über eine Brücke, dann über eine zweite, vielleicht war es dieselbe. Er stürzte sich in die Straßen, ohne sie zu erkennen, und dabei hatte er schon als ganz kleines Kind in ihnen gespielt. Das war nicht mehr seine Stadt mit den Läden, die er kannte, mit den vertrauten Schildern, die sich in der feuchten Nacht bewegten und quietschten. Es war ein tönendes Labyrinth, in dem ein Koloß hinter ihm herjagte.

Irgendwo sah er einen Pfahl. Im Vorbeilaufen ließ er ein Stück Jacke daran zurück. Er bemerkte Schienen und ruhig dastehende Waggons. Eine Lokomotive pfiff. Rote Flammen leuchteten auf. Eine Stimme sagte:

»Hier ist er vorbeigekommen...«

Wovor er jetzt am meisten Angst hatte, als er

zwischen den Waggons durchschlüpfte, war, daß sie sich plötzlich in Bewegung setzten, daß er zwischen ihnen zerquetscht würde.

Männer liefen suchend herum, sie schwenkten mit ausgestreckten Armen Laternen.

»Sind Sie sicher, daß Sie ihn gesehen haben?«

»Ein kleiner Magerer, oder nicht?«

Er kletterte in eine Bremserkabine. Er hörte noch:

»Wenn wir wenigstens den Polizeihund vom Bahnhofsvorstand hätten.«

»Kann man ihn nicht holen?«

»Er ist letzte Woche gestorben... Ein Zug hat ihn getötet...«

Dann fiel der Canari in Ohnmacht.

Er hinkte – er erfuhr nie, warum eigentlich –, als er sich zum erstenmal in Paris befand und im Quartier Latin vor der Suppenausgabe neben einer Kirche Schlange stand. Seine Jacke war zerrissen. Darüber das noch magerere Gesicht eines blonden Jungen.

Gegen Abend kam er an einem dunklen Schaukasten vorbei, in dem auf Kärtchen Anstellungsangebote und -gesuche standen.

So fand er sich eines Morgens in einem dampfenden Keller, die Arme bis zu den Ellenbogen in heißem und fettigem Wasser, das noch schlimmer stank als Monsieur Griset. Er war als Tellerwäscher in einem der großen Restaurants auf den Boulevards eingestellt worden.

Links neben ihm stand ein Pole, rechts ein Spanier, und der Spülchef war Russe.

Er brauchte zwei Jahre, um sich ein Fahrrad mit Freilauf anschaffen zu können, ein rundes verchromtes, das er auf Kredit kaufte.

Noch länger brauchte er, um seine silberne Uhr beim Pfandleihamt wieder auszulösen.

Einige Monate lang teilte er das Mansardenzimmer mit einem Garderobenmädchen. Sie verschwand mit einem Kunden, aber von Zeit zu Zeit kam sie mit ihrem neuen Freund ins Restaurant.

Der Canari war nun Spülchef.

Er machte zwei Saisons in Deauville als zweiter Oberkellner, dann arbeitete er einige Zeit lang als Geschäftsführer in einer Familienpension in Etretat. Wenn man heute durch die Rue Blanche geht, kann man auf halbem Weg zwischen den großen Boulevards und dem Montmartre ein knallgelbes Neonschild sehen mit der einfachen Aufschrift: *Chez Canari.*

Es ist ein bescheidenes Restaurant, bekannt wegen seiner guten Bedienung und seiner einfachen und gemütlichen Atmosphäre. Vorhänge aus dunkelrotem Samt – vielleicht eine Erinnerung an ähnliche Vorhänge? – schmücken zwei Fenster. Nur einige wenige Früchte in einem Korb oder eine auserlesene Languste sind zu sehen.

Der Portier in dunkler Uniform trägt nur ganz wenige Tressen und verschwindet bisweilen hinter der Garderobe, um einige Züge aus seiner Meerschaumpfeife zu nehmen.

Es ist Monsieur Canari sen., wie man ihn nennt. Monsieur Canari jun. trägt einen Smoking und empfängt die Gäste, während Mme Canari sen. an der Kasse die Rechnungen zusammenschreibt, die ihr die Ober bringen. Sie seufzt, als fühle sie noch immer die Katastrophe über ihrem Haupte hängen.

Mit Yvonne hat es sich allerdings zum Schlechten gewendet: Sie ist in ihrer Heimatstadt die Geliebte eines Untersuchungsrichters geworden, und ihre Tanten müssen das Trottoir wechseln, wenn sie sie von ferne kommen sehen.

Die Frau des Lotsen

Man sagt, man tue dieses oder jenes, und dabei ist nichts dahinter. Die meiste Zeit tut man nichts, und wenn man zufällig etwas tut, ist man verblüfft, denn es ist ganz das Gegenteil von dem, was man gerade tun wollte. Man versteht es nicht, die anderen verstehen es noch weniger, und so bleibt jeder am Ende mit seinem Stückchen Wahrheit allein.

Ein Beispiel: Für Madame Dutrillaut, deren Leben sich im Kreis einer kranken Familie in einer feuchten Küche abspielte und die Wunder darin vollbrachte, mit einem knapp bemessenen Haushaltsgeld für Nahrung zu sorgen, gab es nichts Traurigeres auf der Welt als das Schicksal ihres Untermieters. Und das nicht, weil er allein lebte (es wurde vermutet, er sei Witwer), sondern weil ihn seine Arbeit zwang, bald tags und bald nachts zu schlafen. Um zwei Uhr morgens fuhr sie aus dem Schlaf, wenn sie seine schweren Schritte auf der Treppe hörte, dann die Stiefel, wie einer nach dem anderen auf den Fußboden fiel, und sie hauchte ihrem schlafenden Gatten zu:

»Da kommt Monsieur Porel nach Haus...«

Untertags, wenn die Kinder das Unglück hatten, lauter zu werden, flüsterte sie sogleich:

»Scht! vergeßt nicht, daß Monsieur Porel schläft...«

Zur Stunde, zu der der Gemüsekarren immer vorbeikam, sagte ihr einmal eine Nachbarin ins Ohr:

»Trinkt Ihr Mieter vielleicht? Es gibt Tage, da treten ihm die Augen aus dem Kopf...«

Sie erwiderte beleidigt:

»Sie vergessen, daß er öfter in der Nacht arbeitet als am Tag!«

An jenem Abend saß sie in der Küche und flickte einen schwarzen Wollstrumpf – einen Wollstrumpf ihres Untermieters. Ihr Mann las Zeitung und rauchte seine Pfeife. Die Kinder waren schon zu Bett gebracht worden. Man konnte hören, wie Monsieur Porel in seinem Zimmer auf und ab ging und sich dann auf den Bettrand setzte, um seine Stiefel anzuziehen – sie hatte ihn gebeten, sich nicht auf den Bettrand zu setzen, weil das eine Delle in die Matratze macht, aber er dachte nie daran.

Madame Dutrillaut sah auf den Wecker, dann auf den Kalender.

»Wir haben den 29.«, verkündete sie mit trauriger Stimme.

Ihr Mann rührte sich nicht, und es war ihr ein Bedürfnis, hinzuzufügen:

»Jetzt fängt er wieder mit seiner Novene an...«

Monsieur Porel verließ das Haus, wobei er die Tür ins Schloß fallen ließ. Das war noch einer seiner Fehler. Das ganze Haus zitterte. Die Straßen waren dunkel und glänzten vom Regen. Die Hände in den

Taschen, durchquerte er die alten Viertel, dann stieß er hundert Meter vom Hafen die Tür einer Kneipe auf.

Er trug einen schwarzen Ölmantel und eine blaue Seemannsmütze. Er war kurz und breit und hatte einen hellen normannischen Teint mit einer leisen Andeutung von Kupferausschlag.

»Hallo, Kapitän...«

Ein großer Kachelofen. Seeleute. Es roch stark nach Calvados und noch nach etwas anderem, was für Hafenkneipen charakteristisch ist, etwa wie der Nachgeschmack von Pökelfleisch.

»Einen Calva?«

Er blieb stehen, mit dem Rücken an den Ofen gelehnt. Die Gespräche drangen verschwommen an sein Ohr. Er trank einen Calvados, zwei, drei Calvados, und wischte sich jedesmal mit dem Handrücken den Mund ab. Der Patron schaute ebenfalls auf den Kalender am Wandbrett.

Dies war der erste Teil der Nacht. Eine ganz einfache Angelegenheit. Das möblierte Zimmer eines alleinstehenden Mannes in einem Vorstadthäuschen, Stiefel, ein Ölmantel, eine Pfeife, Calvados: die alltäglichen Dinge und Handgriffe eines Lotsen von der unteren Seine, der mit beginnender Flut seinen Dienst antritt.

Noch einen Calvados, ein Blick auf die Uhr mit dem Reklamezifferblatt, eine Handbewegung zum immer klebrigen Türgriff, dann wieder die Straße und der Nieselregen.

Fast ganz Rouen schlief noch. Das Café de la Comédie hatte seine Läden geschlossen. Auf den schwarzen Kais die Umrisse der Zollbeamten. Nur auf einigen Schiffen erhellten elektrische Birnen die Ladeluken, damit die knirschenden Arme der Kräne geführt werden konnten.

Porel trat ins Lotsenhäuschen, nahm seine Karte entgegen, drückte jemandem die Hand, schrieb ein paar Wörter auf eine Liste und sagte im Hinausgehen:

»Guten Tag!«

Die »Ada« lag am Kai, nicht weit vom Umlader, immer an derselben Stelle. Jeden Monat kam sie mit Holz beladen von Holland und fuhr mit einer Ladung von »Diversem« wieder ab. Das ging so regelmäßig wie eine Trambahn, nur die Flutzeit wechselte.

Porel stieg die Schiffstreppe hoch. Alles war naß. Auf der Brücke stand an ein Tau angebunden eine Kuh. Er streifte sie, ohne sie zu sehen, und zuckte bei der warmen und unerwarteten Berührung zusammen.

»Fertig?« fragte er mechanisch.

Als er in die schwach erleuchtete Kabine trat, wurden bereits die Taue gelockert, und die Sirene stieß zwei lange Heultöne aus, die durch den Schlaf der Bürger von Rouen ziehen würden.

Eine Viertelstunde lang zumindest verlief alles wie gewöhnlich. Der Krug mit Wacholderschnaps stand auf dem Kartentisch bereit, auf beiden Seiten je ein kleines Glas mit dickem Boden. Das war von Schiff zu Schiff je nach Nationalität der größte Unterschied: Gin, Whisky, Branntwein, Kognak, manchmal nichts, manchmal dagegen eine kleine Mahlzeit.

Die »Ada« glitt den Fluß hinunter, ihre Maschinen wummerten leise. Porel stand mit leicht gespreizten Beinen und betrachtete vor sich die immer gleiche Landschaft: Finsternis, von Leuchtbaken unterbrochen, die ihm vertrauter waren als die Gaslampen seiner Straße.

Hinter ihm stand unbeweglich, beide Hände am Steuerruder, den Blick auf Porel gerichtet, ein unbekannter Steuermann. Es genügte, daß er ihm kaum wahrnehmbare Zeichen gab: rechts... noch ein wenig... Vorsicht, die Boje... jetzt links...

Vor Porel die weiße Scheibe der Maschinentelegrafen: rückwärts... stop... vorwärts... volle Kraft voraus...

In der rechten Ecke stand unbeweglich wie der Lotse Kapitän Popinga, auch er bekleidet mit einem Ölmantel, die Seemannsmütze auf dem Kopf, auch er breit und ein wenig fett, mit heller Haut, und einen halben Kopf größer als Porel.

Vielleicht schon drei Jahre hatten sie nicht mehr miteinander gesprochen, drei Jahre, die sie zur festgesetzten Zeit Seite an Seite in demselben Ruderhaus die untere Seine hinunterfuhren, dieselben Baken anstarrten, denselben Sandbänken auswichen, die Springflut beobachteten.

Zwischen der Bake von Caudebec und der von Villequier, während einer längeren ungefährlichen Flußstrecke, wandte Porel den Kopf um. Er fühlte, daß irgend etwas nicht stimmte. Zuerst war es ein kaum spürbares ungutes Gefühl, wie wenn man heimkommt und auf unbestimmte Weise ahnt, daß die Gegenstände umgestellt worden sind.

Dann drang sein Blick in die immer offenstehende Kapitänskajüte. Es war Licht darin, wie gewöhnlich. Aber an der Bretterwand über dem Waschtisch hing ein Aquarell mit einer Berglandschaft, vermutlich der Mont-Blanc.

Warum hustete Popinga in diesem Augenblick? Er war verlegen. Er wollte etwas sagen und wußte nicht, wie er es anstellen sollte.

»Ein wenig nach rechts...« kommandierte Porels Arm, und der Steuermann drehte sein Rad.

Sie kamen nah an einem Fischerkahn vorbei, von dem friedliche Stimmen aufstiegen.

Warum hing dort eine Landschaft anstelle der Fotografie? Warum sah Popinga, als er seine Zigarre anzündete und das flammende Streichholz einen Augenblick sein Gesicht erhellte, aus, als fühle er sich nicht wohl?

Auch Porel hätte gern etwas gesagt, eine Frage gestellt, aber er vergrub seine Hände in den Taschen, wandte sich der Finsternis zu und gab keinen Ton von sich.

Hätte sie gewußt, was auf dem Foto war, das noch vor einem Monat in der Kabine des Kapitäns Popinga hing, hätte sie ein paar Einzelheiten mehr aus dem Leben ihres Untermieters gekannt, dann hätte Madame Dutrillaut begriffen, warum der Lotse vom 29. jeden Monats ab einige Tage lang etwas geschwollenere Augen hatte, einen schwereren Gang, warum er mit einem Wort den Eindruck eines Betrunkenen machte, wie ihre Nachbarin behauptete.

Er machte nicht nur den Eindruck, er trank tatsächlich. Und Madame Dutrillaut wußte es. Sie war es ja, die jeweils sein Zimmer gründlich säuberte, und sie erkannte den leichten Calvadosgeruch. Aber sie wäre sich in ihren eigenen Augen unehrenhaft vorgekommen, wenn sie es zugegeben hätte, daß ein Trunkenbold unter ihrem Dach wohnte.

An jenem Abend hatte sie angekündigt:

»Jetzt fängt er wieder mit seiner Novene an...«

Die Novene hatte begonnen. Porel hatte vier Gläschen getrunken statt einem. Jetzt, in der Dunkelheit, bediente er sich mehrmals hintereinander.

Auf dem nun entfernten Foto war Madeleine abgebildet. Und Madeleine war noch vor drei Jahren Porels Frau gewesen.

Madeleine war jung. Sie hatte Sommersprossen, einen vollen Mund und einen übermütigen Blick, der, wenn sie wollte, ganz ungewöhnlich zärtlich sein konnte. Sie hatte eine ganz besondere Art, durch die Straßen zu spazieren, sich über alles lustig zu machen und den Leuten in die Augen zu sehen. Sie hatte etwas kraftvoll Vulgäres, sogar noch in der Stimme. Wenn sie jedoch in einer plötzlichen Aufwallung sagte:

»Mein Schatz...«

Oder:

»Mein großes Tier...«

Porel hatte sie geheiratet. Er hatte eine Wohnung in einem fast neuen Haus gemietet (das Erdgeschoß bewohnte ein Englischlehrer), und er hatte schmucke Möbel gekauft. Er war stolz auf den Geschirrschrank, auf die beiden grünen Sessel, auf eine Menge winziger Kleinigkeiten, die sich wirklich hübsch und gemütlich ausnahmen, und manchmal, wenn ein Kapitän fast ein Kamerad für ihn geworden war, nahm er ihn abends mit nach Hause.

»Servier uns ein Gläschen, Madeleine... Kapitän Popinga wohnt in Delfzijl, im Norden von Holland. Die Stadt liegt offenbar unter dem Meeresspiegel, man hat Deiche um sie herumbauen müssen...«

»Ich bring euch mal Bilder mit...« versprach Popinga.

»Komm und setz dich zu mir, mein Kätzchen... ist sie nicht wunderhübsch?«

Er streckte sich zufrieden aus, ein glücklicher Eigentümer, und seine Hand liebkoste die Schulter seiner Frau. Bis zu dem Tag, als er sie mit Popinga überraschte. Alle drei waren sehr verlegen gewesen, zumindest die beiden Männer. Madeleine war ungerührt geblieben.

»Verdammt! Da werd ich mich wohl verziehen müssen... Na, so was Dummes...!«

Popinga wiederholte etwas blöde:

»Entschuldigen Sie...«

Porel war nichts anderes eingefallen, als seiner Frau die Sachen ins Treppenhaus nachzuwerfen und hinterherzuheulen:

»Hau ab! Hau ab, du Nutte!«

Sie hatten sich scheiden lassen. Er glaubte, er hätte seine Ruhe wieder. Er hatte sich eine Familienpension gesucht und war bei den Dutrillauts eingezogen.

Die waren ihm gerade recht gewesen.

Er führte wieder das ruhige Leben eines Junggesellen, und er nahm Gewohnheiten an, die langsam sein Leben ausfüllten.

Sein Zimmer... das Café Louis... das Lotsenhäuschen... die Schiffe und die Gezeiten...

Dann, am 29. jeden Monats, Ankunft und Abfahrt der »Ada« und die Fotografie in der Kajüte des Kapitäns.

Hatte Popinga es absichtlich getan? Wahrscheinlich nicht. Vielleicht hatte er nicht daran gedacht, daß Porel immer noch sein Schiff die Seine hinunterlotsen würde? Porel hätte sich durch einen Kollegen ersetzen lassen können, aber das hatte er nicht gewollt.

Nun konnte er nichts machen! Da war das Foto! Ein sehr hübsches Haus mit einem sehr hohen Dach, mit eigenartigen Fenstern, einem gut gepflegten Gärtchen, und an einem Zaun Madeleine in einem weißen Kleid und mit einem kleinen Strohhut aus Italien, neben sich einen weißen Hund.

Rechts neben dem Haus war ein Kanal, ein kleiner Teil einer Schleuse war zu sehen.

Jeden Monat am 29. ging Porel an Bord. Jeden Monat, kurz nach der Bake von Criquebœuf, drehte er sich um, um das Foto anzusehen. Dann griff er nach dem Krug mit Wacholderschnaps, und wenn das Schiff vor Tancarville beidrehte, um den Lotsen zu wechseln, wenn Porel auf die Strickleiter stieg, um ins Boot hinunterzuspringen, war er schwerfälliger und ungelenker als sonst.

Die Tage darauf war Madame Dutrillaut traurig, vor allem wenn sie das Zimmer in Ordnung brachte, in dem es nach Alkohol roch.

Und nun war die Fotografie nicht mehr da!

»Rechts... noch weiter rechts...«

Vor der »Ada« lag ein Tankschiff. Es fuhr nicht weiter, gab aber auch nicht die Durchfahrt frei. Porel streckte die Hand nach einem Hebel aus und gab die vorschriftsmäßigen Sirenensignale: »Steuerbord Durchfahrt frei geben...«

Dreimal, viermal. Der idiotische Tanker rührte sich nicht von der Stelle, wie ein Felsblock, und die Kuh auf der Brücke, durch die Sirene aufgeschreckt, begann zu muhen.

Sie fuhren haarscharf vorbei. Bake von La Vaquerie. Etwas weiter, auf der Höhe von Vieux-Port, unebener Grund. Nach links halten...

»Nun?« ertönte plötzlich Porels Stimme.

Er schien heiser zu sein. Seine Stimme, das simple Wörtchen, in die Stille hineingesprochen, die seit Rouen herrschte, nahm plötzlich eine unerhörte Bedeutung an.

Kapitän Popinga zog an seiner Zigarette, bevor er antwortete. Dann hustete er. Er drehte sich zum

Steuermann um, wie um herauszufinden, ob er zuhörte, und sagte:

»Fort...«

Selbst wenn Madame Dutrillaut dabeigewesen wäre, sie hätte nicht verstanden. Das Foto von Madeleine war nicht mehr an seinem Platz. Von den beiden Männern war fast nichts zu sehen, außer Popingas Zigarre und, wenn er sie in einem bestimmten Winkel hob, die Hand von Porel, die dem Steuermann Anweisungen gab.

Und dennoch war in der feuchten Kabine eine geheimnisvolle Gegenwart zu spüren, etwas wie ein leiser weiblicher Geruch, Sommersprossen in einem übermütigen Gesicht, ein etwas vulgäres Lachen, ein weißes Kleid, mehr noch, der Schimmer von hellem Fleisch, das spitze Kichern, das die beiden Männer so gut kannten, ein leichter Achselgeruch, scharfe Zähne, die sich plötzlich in den rosa Rand der Lippen graben konnten...

»Mit wem?«

Popinga zuckte wohl mit den Schultern, und die Stille dauerte von einer Bake bis zur nächsten.

»Wo ist sie?«

»In Antwerpen.«

Porel trank ein Glas und stopfte sich die Pfeife. Ein Regenschwall rauschte über die Scheiben, und sie ließen links ein englisches Kohlenschiff vorbei, das nach Rouen unterwegs war.

Dann nichts mehr. Hatte Popinga, als er eines Tages heimkam, seine Frau so vorgefunden, wie Porel sie vorgefunden hatte?

War sie fortgegangen, ohne ein Wort zu sagen, hatte einen Zettel hinterlassen?

Welche Bilder bewegten sich vor Porels innerem Auge, während er mechanisch auf seine Baken blickte? Er kannte Antwerpen. Er kannte vor allem die kleinen Kneipen, in denen sich dicke Kellnerinnen zu den Seeleuten an den Tisch setzten und einfältig kicherten.

Hatte Madeleine...

Rechts eine ganze Reihe von Baken, wie auf einer Straße in einer Großstadt: der Kanal von Tancarville. Eine stärkere Drift. Ein Leuchtkäfer tanzte auf den Wellen. Rufe ertönten.

Schließlich ein Schlag gegen den eisernen Schiffsrumpf. Ein kleines Boot legte an, und ein Mann im Ölmantel, wie Porel, kam die Strickleiter hoch. Die »Ada« wechselte den Lotsen, bevor sie in die Flußmündung hinausfuhr.

Der neue Lotse kam mit schweren Schritten über die Brücke.

»Haben Sie ihre Adresse?«

Man hätte meinen können, daß Popinga darauf gewartet hatte. Jedenfalls nahm er lediglich ein Stück Papier aus der Tasche, und das feuchte und lauwarme Stückchen Papier wechselte von der einen Hand in die andere.

Wonach sich Porel, bevor er ging, noch eines anderen besann und den Krug leerte.

In dieser Nacht fuhr kein Schiff nach Rouen zurück. Er schlief also im Lotsenhäuschen und nahm bei Tagesanbruch den Zug. Es war ein regnerischer

Tag. Während er auf den Zug wartete, nahm er noch schnell einen Kaffee und einen Calvados.

Monsieur Dutrillaut setzte sich genau um neun Uhr vor seinen Schreibtisch und öffnete sein Tintenfaß.

Madame Dutrillaut schimpfte an diesem Tag mehr mit den Kleinen als gewöhnlich.

»Ruhe! Wenn ich euch sage, daß Monsieur Porel krank ist...«

Krank? Vielleicht sogar. Er wußte es nicht. Er blieb im Bett und wälzte seltsame Gedanken.

Madame Madeleine Popinga
bei Mme Smeets, 27, rue van Artevelde
Antwerpen (Belgien)

Die »Ada« ist gestern vorbeigekommen. Ich weiß Bescheid. Wenn Du nach Rouen zurückkehren möchtest, werde ich Dir keine Vorwürfe machen. Benachrichtige mich, ich wohne in Untermiete. Falls Du kein Geld für die Reise hast, schicke ich Dir welches.

Schreib schnell.

Julien

Monsieur Julien Porel, Seine-Lotse
bei Mme Dutrillaut, 13, rue aux Ours
Rouen (Frankreich)

Ich habe sehr geweint, als ich Deinen Brief gelesen habe. Ich schwöre Dir, ich habe mich wirklich geändert, und ich habe vieles begriffen. Mir ist klarge-

worden, welches Unrecht ich einem Mann wie Dir angetan habe.

Ich schäme mich, Dir sagen zu müssen, daß ich hier ohne Geld bin. Madame Smeets, bei der ich wohne, hat mir etwas geliehen, bis ich Arbeit finde. Ich habe versucht, etwas in der Fabrik zu finden, Du weißt ja, daß ich nicht sauber nähen kann.

Ich schulde ihr schon zweihundert Francs. Ich weiß nicht, wieviel der Zug kostet, aber wenn Du mir eine Überweisung von fünfhundert Francs postlagernd schickst (Madame Smeets geht es nichts an), wird es wohl reichen.

Ich habe Dich nie vergessen.

Madeleine

Die Uhrzeit, zu der immer der Gemüsehändler kam. Madame Dutrillaut, auf der Türschwelle, und die unverschämte Nachbarin. Ein Taxi entfernt sich mit Monsieur Porel und seinem Gepäck.

»Hat er sich bei Ihnen nicht mehr wohl gefühlt? Oder haben Sie ihn vor die Tür gesetzt? Ich habe immer zu meinem Mann gesagt, ein Mann, der trinkt...«

»Er hat nicht getrunken... Wenn er hier weggeht, dann, weil er heiratet...«

»Ich dachte, er ist Witwer...«

»Na und? Was hindert einen Witwer daran, zu heiraten?«

»Wenn er es nur gut getroffen hat...«

Porel hatte sich zwanzig, dreißig Häuser angesehen, die zu mieten waren. Alle waren alt und grau, mit traurigen Küchen und düsteren Tapeten an den Wänden.

Da war er lieber drei Kilometer weiter gefahren. Es würde sich lohnen, ein Fahrrad zu kaufen. Die Stiefel würde er im Lotsenhäuschen lassen; mit Seemannsstiefeln kann man nicht gut radfahren.

Das Haus war heiter, ganz neu, fast dasselbe wie das auf dem Foto.

Porel hatte zweiundvierzigtausend Francs gespart. Er opferte zehn, um ein modernes Mobiliar zu erstehen.

Ich komme um elf Uhr vormittags. Danke. Küsse.
Madeleine

Es schien keine Sonne. Das wäre zuviel verlangt gewesen. Aber es regnete auch nicht. Der Himmel war von einem ziemlich hellen Grau, und hinter diesem Schleier war bisweilen etwas wie ein gelblicher Lichtfleck zu erkennen.

Porel war nervös, weil die Bahnhofsuhr so langsam ging, und lief zweimal in aller Eile in den Erfrischungsraum, um etwas zur Beruhigung seiner Nerven hinunterzugießen.

Der Zug lief ein. Er war sicher, daß Madeleine nicht kommen würde, vor allem, als sich schon die Hälfte der Reisenden auf dem Bahnsteig befand.

Dann stieg sie aber aus dem letzten Wagen. Sie war so haargenau dieselbe wie vor drei Jahren, daß es einer Sinnestäuschung gleichkam. Mit linkischen Schritten ging er auf sie zu. Er hatte sich gefragt, was er sagen, was er tun würde. Sie stand zwischen den verschiedensten Gepäckstücken. Schließlich kam sie ihm entgegen, die Augen voller Goldsprenkel und darunter ihre Sommersprossen.

»Julien!«

Sie küßte ihn. Sie fiel ihm um den Hals. Sie lachte ein bißchen nervös.

»Mein Julien! Ich hab immer gewußt, daß du nicht ein Mann bist wie die anderen... Wenn du wüßtest, wie ich mich nach dir gesehnt habe...«

Breit und schwer bemächtigte er sich der Pakete und schob sich durch die Schlange der Reisenden.

»Es ist seltsam, nach so langer Zeit wieder daheim zu sein...«

Auf dem Platz draußen betrachtete sie die Trambahnen, die Taxis, die Häuser.

»Es hat sich nichts geändert... Ist es wahr, daß du mich sehr vermißt hast?«

Die Leute kamen und gingen, rempelten sie an, ohne hinzusehen.

Sie waren nur ein gewöhnliches Paar, ein etwas gedrungener Mann mittleren Alters und eine um zehn Jahre jüngere Frau, die auf hohen Absätzen daherstelzte.

Der Schutzmann hob seinen Stab, um sie über die Straße zu lassen.

Im Taxi redete und redete Madeleine, nicht ohne immer wieder aus dem Fenster zu schauen.

»Wo wohnst du jetzt?... Du hast mir geschrieben, daß du in Untermiete wohnst. Bringst du mich dahin?... Sagen sie nichts, wenn du mit einer Frau zurückkommst?... Mein Schatz! Ist es wahr, daß du nie daran gedacht hast, mich durch eine andere zu ersetzen?... Ich war abscheulich, nicht wahr?... Sieh mal! Da ist eine neue Bäckerei an der Straßenecke... Ich hab dir ein Geschenk mitgebracht, gleich wirst du's sehen... Wo fahren wir hin?... Aus der Stadt?«

Wer hätte sagen können, was er dachte? Wußte er es selbst? Sie legte die Beine übereinander und entblößte die Knie, und er wurde fast rot, als er hinsah. Er roch wieder ihren Duft. Auch das irritierte ihn.

»Glaubst du wirklich, du kannst mir verzeihen?... Wenn ich dran denke, wie... Ist es hier?... Ist das dein Haus?... Hast du es für mich gemietet?«

Ein richtiger Überfall. Sie lief herum, sie öffnete die Türen und Schränke.

»Du hast sogar eingekauft! Ich hätte nie gedacht, daß ein Mann so lieb und aufmerksam sein kann... Brot, Butter, Eier, Schinken... Und Orangen! Du hast dich erinnert, daß ich so schrecklich gern Orangen esse!... Ist das das Eßzimmer?... Sag mal, könnten wir nicht Hühner halten?...«

Sie lachte und plapperte, und manchmal blieb sie stehen, kaum den Bruchteil einer Sekunde, um ihn anzusehen.

»Ist es oben?«

Sie lief auf die Treppe zu und drehte sich um, wie um sich zu vergewissern, daß er ihr folgte.

»Eine Couch! Ich habe immer davon geträumt, eine Couch zu haben statt einem Bett... Darf ich dich küssen?... Oh! Julien... Wenn du wüßtest...«

Er war in seinem ganzen Leben noch nie so linkisch gewesen. Hätte die Nachbarin von Madame Dutrillaut seine großen Augen gesehen, sie hätte wieder angenommen, daß er betrunken sei. Und dabei hatte er fast nichts getrunken.

Madeleine zögerte. Sie wußte noch nicht, wie weit sie gehen konnte. Sie spähte nach ihm und lächelte, mit ihrem verschwommenen Lächeln, und legte ihre Hand auf ihre Bluse.

War es...

»Ich muß mich umziehen...« brachte sie schließlich heraus, »meine Kleider riechen sicher nach Zug... Du erlaubst doch...?«

Sie drehte sich nicht zu ihm, sondern zum Spiegel. Sie machte an den Haken herum, sie hob die nackten Arme, um ihre Haare in Ordnung zu bringen.

»Mach wenigstens die Tür zu... Ach ja! Ich vergesse, wir sind ja allein im Haus...«

Was wußten wohl die Nachbarn? Ein pensionierter Postbeamter arbeitete in seinem Garten.

»Gestern sind die Möbel gebracht worden, mit einem gelben Möbelwagen von der Umzugsfirma Réunis... Die Nacht hat er nicht in dem Haus verbracht... Aber früh am Morgen ist er gekommen, mit dem Rad... Dann ist er wieder weggefahren... Kurz vor Mittag ist er mit ihr zurückgekommen... Und dann...«

Der Mann mit dem aschblonden Kinnbart hielt es für angebracht, seinen Gedanken mit einem Augenzwinkern zu Ende zu führen.

Und dann? Alles das war völlig richtig. Nur war der alte Pensionär offenbar weit davon entfernt, sich die Heftigkeit von Porels Leidenschaften vorzustellen.

Madeleine war ganz da, ganz und gar sie selbst, mehr denn je, mit ihren Augen, ihrem Körper, ihren aufgeworfenen Lippen, ihren Sommersprossen und ihrem Lachen...

War es Berechnung von ihrer Seite? War es ernst? Niemand hätte es sagen können. Aber nie war sie so aufgeblüht. Kindliches und Weibliches war in ihr, spontane Freude und Schelmisches. Raserei und Angst. Als sie sagte:

»Mein Schatz...«

Und als sich ihre Augenlider senkten...

»Der Mann, ich will sagen Monsieur Porel, ist irgendwann heruntergekommen... Durch das Treppenhausfenster hindurch konnte man ihn sehen... Er hatte nur sein weißes Hemd und seine Hose an... Seine Haare waren wirr, wie wenn einer gerade aus dem Bett steigt... Und dann, aber ich verstehe nicht...«

Es stimmte immer noch genau. Madeleine hatte ausgestreckt und zufrieden dagelegen und mit geschlossenen Augen geflüstert:

»Hast du nicht Hunger?... Ich habe danach immer Hunger... Erinnerst du dich?«

Und der Nachbar mit dem dünnen Kinnbart fuhr fort:

»Ich hab ihn in der Küche herumgehen hören... Wenig später ist er mit einem Tablett wieder hinaufgegangen... Ich hab gesehen, denn ich habe ihn von hinten gesehen, daß seine Hosenträger über die Hüften herunterhingen...«

Auf dem Tablett war Brot, Butter, Schinken und eine Flasche weißer Bordeaux.

»Gleich nachher, als meine Frau kam, um die Hühner zu füttern, und als wir zum Haus hinüberschauten – man will ja doch immer wissen, was man für Nachbarn hat...«

Auf dem Treppenabsatz angelangt, war Porels Blick zuerst auf Madeleine gefallen. Nicht direkt, sondern im Spiegel. Sie hatte die Augen geschlossen, die Lippen lächelten halb geöffnet, ein Lächeln, an das er sich erinnert hatte, das er während der letzten drei Jahre tausend und abertausendmal in seinen Träumen gesehen hatte.

Eine Hand hing auf den Boden, die Beine waren leicht angewinkelt. Ihre Brust hob und senkte sich regelmäßig.

Er blieb einen Augenblick mit seinem Tablett in der Hand unbeweglich stehen und suchte eine Stelle, wo er es hinstellen konnte. Schließlich stellte er es auf einen Stuhl.

»Madeleine...« hatte er halblaut gerufen.

Seine Stimme war in ihre Schläfrigkeit gedrungen, aber von weit her, wie im Traum. Die Lippen hatten sich etwas weiter geöffnet. Ein tiefer Seufzer hatte die sehr hohen Brüste gehoben, dann hatte sich der Körper langsam entspannt.

Von noch weiter weg hatte sie gehaucht:

»Mein Schatz...«

»Gleichzeitig mit dem Lärm von zerschlagenem Geschirr war ein schrecklicher Schrei zu hören, ein Schrei, mit Verlaub, Herr Richter, wie wenn man ein Vieh abwürgt...«

Porel saß zusammengesunken und gleichgültig auf der Bank, dem Richter gegenüber, und starrte auf den schmutzigen Fußboden und das häßliche Stück roten Teppich. Er wiederholte:

»Ich wollte sie wiederhaben... Ich hatte alles vorbereitet... Aber wie ich sie so gesehen habe... Ich kann es Ihnen nicht erklären... Ich glaube, sie hat die Augen geöffnet, und sie hat Angst gehabt... Trotzdem... Also, ich weiß nicht... Ich habe sie erwürgt... Ich bitte Sie um Verzeihung, Herr Richter...«

1940

Marie Dudons Umschlagtuch

Es mußte kurz vor 2 Uhr sein. Der Wecker auf dem schwarzen Marmorkamin war abgestellt. Marie Dudon hatte mittlerweile abgespült.

»Gehst du jetzt gleich?«

»Warum?«

»Es wär mir recht, wenn du fünf Minuten auf den Kleinen aufpaßt, dann kann ich noch runtergehn und Wasser für meine Wäsche holen...«

Sie wohnten im zweiten Stock, und der Wasserhahn war im Flur im Zwischenstock. Das war furchtbar lästig, vor allem mit einem Baby. Die Flaschen mußten gekocht und die Windeln gewaschen werden. Marie Dudon kam es so vor, als würde sie den ganzen lieben langen Tag nichts anderes tun als mit den Eimern hinauf- und hinunterlaufen.

»Danke, du kannst gehn. Kommst du spät nach Haus?«

»Hängt davon ab. Wenn sie Schlange stehn...«

Dudon ging sein Arbeitslosengeld abholen. Das Baby schlief, mit einem runden roten Fleck auf seinen heißen Wangen. Angenehme Wärme erfüllte die Wohnung. Es war der 3. Oktober, und Marie Dudon hatte zum erstenmal Feuer gemacht. Im Sommer genügte der Kocher. Die Glut fiel in einem

Sprühregen in den Aschenkasten. Im Kessel pfiff das Wasser.

Marie Dudon schob zwei Stühle vor das Fenster, stellte die Emailschüssel darauf, goß heißes Wasser hinein und machte sich ans Wäscheeinseifen. Die Vorhänge hatte sie aufgezogen. Es regnete. Schon drei Tage regnete es, und der Himmel war eintönig weiß.

Das Fenster ging auf die Höfe, Gärten und Häuserrückwände der nächstgelegenen Straße.

Die meisten Fassaden waren aus glatten und gekalkten Ziegelsteinen, einige sogar aus Stein. Aber auf der Rückseite waren nur schwärzlich-braune Mauern zu sehen. Die Fenster hatten keine Vorhänge. Niedrige Mäuerchen teilten die Fläche zwischen den Häusern in rechteckige Gärten mit schwarzer Erde. Einige Kohlköpfe von stumpfem Grün, bläulicher Lauch, Müllkästen, bei den Massons vier oder fünf Hühner hinter einem Drahtgitter; rechts, bei den Chevillards, ein graugrünes Treibhaus.

Marie Dudons Hände waren von dem heißen Seifenwasser schuppig weiß geworden. Sie rieb die Wäsche. Dabei sah sie vor sich hin, mit leerem Blick und ohne an etwas Bestimmtes zu denken. Das heißt, sie dachte... aber war das denken? Sie hatte Rückenschmerzen, die sie von morgens bis abends verfolgten und manchmal noch, wenn sie schon im Bett lag. Das kam von den zwei Stockwerken, die sie hinauf- und hinuntersteigen mußte, mit dem Wasser, mit ihren Einkäufen, mit dem Baby, das fast ein Jahr alt war und zehn Kilo wog, so daß sie sich, wenn sie es auf dem Arm hielt, ganz krumm halten mußte, eine Hüfte herausgebogen und den Bauch vorgeschoben.

»Madame Cassieux gibt ihm seine Arznei...«

Jenseits der kleinen Gärten und Höfe stand ein Haus, das stattlicher war als die anderen. Seine Fassade ging auf die Rue de la Constitution. Es war das Haus der Cassieux, die in der Stadt ein Umzugsunternehmen hatten. Der alte Cassieux lag im Bett, im ersten Stock, so daß ihn Marie Dudon, trotz der Fenstergardinen, sehr gut sehen konnte. Sie beobachtete ihn mit bohrenden Blicken. Seit einigen Tagen hatte er seinen Gichtanfall. Das kam zweimal oder dreimal jährlich vor. An seinem Bett lehnte ein Stock, und wenn er etwas brauchte, stieß er damit auf den Fußboden, um seine Frau herbeizurufen.

Wenn nur das Baby nicht aufwachte, bevor die Wäsche fertig war!

Monsieur Cassieux war siebzig Jahre alt und der reichste Mann des Viertels. Er war kalt, streng, geizig.

Seine zweite Frau, Mathilde Cassieux, war zwanzig Jahre jünger als er, und es wurde behauptet...

Das Kind bewegte sich. Marie Dudon verjagte mit ihren Händen voll Seifenschaum eine Fliege, die sich auf ihre Stirn gesetzt hatte, und sah auf den abgestellten Wecker. Nie hatten sie einen Wecker, der richtig ging!

Cassieux in seinem Bett legte die Zeitung weg und sagte etwas. Seitdem er im Bett lag, war ihm der

Bart gewachsen. Es war nicht zu erraten, was er sagte oder was seine immer in Schwarz gekleidete Frau ihm antwortete. Es regnete anhaltend und besonders klar und durchsichtig. Auf der Straße fuhr ein Lastwagen über das schlechte Pflaster. Manchmal war die Trambahn zu hören, die über zweihundert Meter von hier durch die enge Rue Saint-Jean fuhr. Keine Woche verging dort ohne Unfall.

Marie Dudon, die mechanisch hinüberschaute, erstarrte auf einmal mit ihren Händen im heißen Wasser mitten in der Bewegung, dann ging sie unwillkürlich zum Fenster und beobachtete genauer, was vorging.

Mathilde Cassieux war soeben aus dem Zimmer gegangen und hatte die Toilette betreten, oder besser das Badezimmer, denn die Cassieux hatten ein richtiges Badezimmer.

Sie hielt ein Glas in der Hand, stellte es ab und öffnete ein kleines Lackschränkchen, offenbar die Apotheke.

Warum waren ihre Bewegungen so unnatürlich? Warum war es, als würde sie auf Geräusche aus dem Nebenzimmer horchen? Sie ließ aus einer winzigen Tüte ein wenig Pulver in das Glas rieseln, aber anstatt das Papier danach wegzuwerfen, steckte sie es in ihre Bluse. Ganz offensichtlich bemühte sie sich, kein Geräusch zu verursachen. Sie öffnete den Wasserhahn, ließ das Glas vollaufen und sah dann hindurch, um sich zu vergewissern, daß sich das Pulver auflöste. Warum tat sie das?

Anschließend ging sie mit dem Glas in das Zimmer zurück und sagte etwas. Was sagte sie? Ihr Mann starrte mit schmerzverzerrtem Gesicht zur Decke hinauf. Auf dem Nachttischchen standen einige Fläschchen. Sie nahm eines davon und zählte die in das Glas fallenden Tropfen.

»Trink...«

Sie stützte Cassieux Kopf. Er trank und zog eine angewiderte Grimasse. Dann machte sie ihm mit ein paar Handgriffen, die die Gewohnheit verrieten, das Bett zurecht. Es war seine Schlafenszeit. Sie deckte ihn zu, strich das Bettzeug glatt und ging zum Fenster, um den Leinenstore herunterzulassen, der das Licht dämpfte.

Und da, gerade als sie den Store herunterlassen wollte... Sie hatte die Kordel losgemacht, als sie den Kopf hob und Marie Dudon bemerkte, die nicht genug Zeit gehabt hatte, ihr Gesicht von der Fensterscheibe zurückzuziehen... Ihre Blicke begegneten sich...

Zwischen den beiden Frauen lagen die kleinen Gärten im Regen. Ein Pfirsichbaum ohne Blätter, die Kohlköpfe, der Lauch, die Ziegelmäuerchen. Große Stille und dazwischen die Schleier des strömenden Regens. Cassieux fragte sich sicher, warum seine Frau so lange in ihrer Bewegung innehielt. Offenbar sagte er etwas, denn sie drehte sich um, um ihm zu antworten, aber ihr Blick kehrte gleich darauf wieder zu Marie Dudon zurück, die aus der Entfernung noch bleicher und kränker aussah.

Dann fiel der mit Quasten besetzte Store endlich nieder. Das eben noch grünlich schimmernde Fenster war jetzt gelblich getönt. Marie Dudon rührte sich noch immer nicht.

Was war geschehen? Warum hatte Madame Cassieux, bevor sie die Arznei, die auf dem Nachttischchen stand, in das Glas mit Wasser tropfen ließ, darin ein Pulver aufgelöst? Warum hatte sie das Papier in ihre Bluse gesteckt? Warum kam sie jetzt, nachdem sie die Zimmertür zugemacht hatte, an das Fenster im Badezimmer zurück und sah hinaus, wie um sich zu vergewissern, ob Marie Dudon sie hatte sehen können?

»Mathilde hat ihn vergiftet!«

Marie Dudon war noch nie in ein Drama verwikkelt gewesen. Sie las keine Zeitungen. Und doch akzeptierte sie diese Tatsache ohne jede Gemütsbewegung. Wußte nicht alle Welt, daß Mathilde den alten Cassieux wegen seines Geldes geheiratet hatte? Und Cassieux war geizig, böse und schwierig. Sie hatte anscheinend nicht die Geduld gehabt, zu warten...

Marie stieß einen Seufzer aus und ging zurück zu ihrer Schüssel. Das Wasser darin war kalt geworden. Sie goß heißes dazu und warf einen Blick auf das Kind, das immer noch schlief. Man behauptete, daß Cassieux die ganze Rue de la Commune gehörte und daß er auch noch Häuser in einem anderen Viertel besaß. Niemand war so hart wie er, was die Miete betraf.

Würde er tatsächlich sterben?

Es mußte nach halb drei Uhr sein. Zeit, die Flasche zuzubereiten. Marie Dudon wischte sich die

Hände an ihrer groben blauen Leinenschürze ab und seufzte, wie sie an die hundertmal am Tag seufzte. Grundlos, oder vielmehr, weil auf jede Arbeit eine neue folgte, dann wieder eine, und so von morgens bis abends, ohne Pause, ohne daß es jemals gelang, an ein Ende zu kommen.

»Sie hat mich gesehen...«

Mathilde Cassieux grüßte sie nicht. Sie kannte sie, gewiß, wie man halt die Leute seines Viertels kennt, aber sie war nicht die Frau, mit einer Marie Dudon Beziehungen zu unterhalten. Sie wußte auch nicht, daß Dudon arbeitslos war, seitdem seine Bank Bankrott gemacht hatte und der Direktor im Gefängnis saß.

Was mochte sie jetzt tun? Wartete sie in aller Ruhe, bis das Gift wirkte?

Arbeit gab es nicht viel, sie hatte ja zwei Dienstmädchen. Saß sie vielleicht in ihrem Salon, der zur Straßenseite lag?

Wenn Cassieux an diesem Tag stürbe...

»Ich wette, sie kommt herüber«, dachte Marie Dudon plötzlich, »sei es auch nur, um zu wissen, ob ich es wirklich gesehen habe, ob ich begriffen habe...«

Sie öffnete die Tür zum Schlafzimmer, in dem es nach Linoleum roch. Es war heller als die Küche und hatte eine Tapete mit roten Blumen. Marie Dudon öffnete das Fenster und blickte auf die öde daliegende Straße.

Als hätte sie ein Vorgefühl gehabt. Gerade in diesem Moment kam Mathilde Cassieux, bekleidet mit einem Hut und grauen Handschuhen, um die Ecke. Marie hätte schwören können, daß sie im Gehen Selbstgespräche führte. Ihre Lippen bewegten sich wie die Lippen der Gläubigen in der Kirche. Den Blick hielt sie gesenkt. Einige Meter vor der Nummer 29, wo die Dudons wohnten, hielt sie eine Weile inne.

Marie fragte sich, denn sie wußte, daß die Zeit drängte: »Was werde ich verlangen?«

Das Kind begann zu weinen. Vor lauter Ungeduld hatte sie Schmerzen in der Brust. Läutete Mathilde Cassieux? Sie würde die Treppe heraufkommen. Marie würde ihr einen Stuhl anbieten, ohne etwas zu sagen. Sie würde warten, höflich, sehr höflich...

Das Baby, das nicht stillhalten wollte! Marie lehnte sich zum Fenster hinaus, als eine Stimme im Hauseingang sagte:

»Guten Tag, Madame Cassieux...«

Marie hatte sich wieder weiter hinausgelehnt und konnte sehr gut sehen, wie die Cassieux zusammenfuhr. Dann sah sie die Hausbesitzerin mit einem Putzlappen in der Hand. Wahrscheinlich putzte sie gerade gründlich ihren Korridor.

»Guten Tag, Madame Rorive...«

Das war alles. Madame Cassieux entfernte sich wieder. Weil die Tür offen war! Weil das Scheusal von Madame Rorive ausgerechnet jetzt ihren Korridor putzen mußte! Sie hatte sich nicht getraut...

Marie Dudon machte seufzend das Fenster wieder zu und hob das Baby aus der Wiege. Es mußte gewickelt werden. Sie überlegte. Den ganzen Tag über blieb sie in sich versunken.

»Was hast du?« fragte ihr Mann, als er gegen fünf Uhr heimkam.

»Nichts... beunruhige dich nicht... schau doch mal nach, ob bei den Cassieux die Läden zu sind...« Wenn sie geschlossen waren...

Sie waren geschlossen. Es war kurz vor sechs. Georges Dudon sah den Arzt aus dem Haus kommen und Mathilde Cassieux, die ihn bis zur Haustür begleitete. Sie hatte rote Augen.

Marie Dudon fand mindestens zwei Stunden lang keinen Schlaf. Sie hörte das leise Rauschen des Regens. Als sie aus dem Schlaf hochfuhr, war es noch dunkel, und ein wahrer Wolkenbruch prasselte nieder, auf das Dach, auf den Sims und auf die Fensterscheiben.

Zu ihrem Mann hatte sie nichts gesagt. Es war besser, ihm nichts zu sagen. Seit den drei Monaten, die er arbeitslos war, war er nicht mehr derselbe, und Marie beobachtete ihn oft heimlich und voller Sorge. An manchen Abenden hatte sie sich schon gefragt, ob er trank.

Er war imstande und mischte sich ein, und dann verdarb er vielleicht alles! Nein! Diese Sache wurde unter Frauen geregelt. Gleich nachher würde sie bei den Cassieux läuten, nicht zu früh und nicht zu spät. Sie würde nicht mal zu läuten brauchen. Die Tür würde halboffen stehen, die Leiche würde von Kerzen umgeben in einem Zimmer im Erdgeschoß aufgebahrt sein.

Mathilde Cassieux würde begreifen. Sonst wäre sie nicht gekommen, um, wenn das alte Biest von Hausbesitzerin nicht ihren Korridor geputzt hätte... Eine von den vielen Marotten von Hausbesitzerinnen: den Korridor an einem Regentag zu putzen, um sich dann beschweren zu können, daß die Mieter Dreck machten!

Sie würde kein Geld verlangen. Und doch...! Wieviel würde Mathilde Cassieux erben? Hunderttausende!

Und nichts als Häuser..!

Also gut! Marie Dudon würde ein Haus verlangen... Ohne es deutlich auszusprechen... Seit einigen Tagen war sie blaß und elend, das würde ihr zugute kommen...

»Wenn ich mich nur nicht mehr zwei Stockwerke hochzuquälen brauchte, mit dem Wasser, mit dem Kleinen, mit den Kohlen... wir hätten ein kleines Häuschen, zwei oder drei Zimmer, mit einem kleinen Gärtchen...

Ihre Schwägerin hatte ein solches Gartenhaus gekauft. Es hatte vierzigtausend Francs gekostet. Da gibt es Wasser, Gas, elektrisches Licht und allen Komfort!

Und wenn Ihr Mathilde eine Geldsumme anbot?

Wenn sie dagegen so tat, als würde sie nicht verstehen? Nun, dann würde ihr Marie Dudon in die Augen schauen. Sie würde zum Beispiel sagen: »Angenommen, der Arzt untersucht den armen Monsieur Cassieux etwas genauer...«

Das Baby begann zu greinen. Sie nahm es ins Bett

und gab ihm die Brust. Ihr Mann drehte sich brummend auf die andere Seite. Sie gab dem Baby täglich dreimal die Brust, die übrigen Male die Flasche. Sie war nicht kräftig genug. Sie war nie kräftig gewesen.

»Sauwetter!« sagte Georges bald darauf, als der Tag anbrach.

Es regnete immer noch stärker. Draußen rauschten wie Sturzbäche angeschwollene Wasserläufe zu beiden Seiten die Straße hinunter. Die Arbeiter liefen auf ihrem Weg zur Arbeit mit Kapuzen die Hauswände entlang. Das Pferd der Milchfrau triefte, als wäre es soeben aus einem Fluß gestiegen, und die Milchfrau hielt sich eine Tasche über den Kopf. Aber die Nachbarn gingen doch einer nach dem anderen zur Arbeit, mit gesenktem Kopf und gebeugtem Rücken, den Kragen hochgeschlagen.

Hinter den Stores bei den Cassieux brannte Licht. Lag die Leiche noch im Zimmer?

»Sie werden den Katafalk unten im großen Salon aufbauen!« sagte Marie, als sie den Kaffee eingoß.

»Was geht mich das an!«

Der Schatten eines Lächelns glitt für einen Augenblick über die bleichen Lippen der Frau. Er hatte keine Ahnung! Er wußte nicht, daß dieser Tod ein Haus bedeutete, mehr vielleicht, vielleicht das Glück...

»Was machst du, Marie?«

»Ich zieh mich an...«

»Um einkaufen zu gehn? Bei dem Wetter ziehst du den guten Mantel an?«

»Ich schau bei dem Haus mit dem Toten vorbei...«

»Du kennst sie doch gar nicht...«

Immer diese dummen kleinen Hindernisse. Wenn Georges arbeitete, konnte sie nirgendwo hingehen wegen des Kleinen, auf den man aufpassen mußte. Auch ihre Einkäufe machte sie in Windeseile, während eine Nachbarin das Kind hütete. Jetzt trieb sich ihr Mann den ganzen Tag zu Hause herum, und von morgens bis abends gab es Fragen:

»Was machst du?... Wo gehst du hin?... Warum ziehst du dich an...?«

Jetzt spöttelte er:

»Um zu Leuten zu gehen, die wir nicht kennen und denen wir nichts schuldig sind, ist dein Umschlagtuch gut genug...ich möchte nicht, daß du einen Mantel und fast neue Schuhe verdirbst...«

»Aber daß ich in Holzschuhen hingehe, willst du doch auch nicht, oder?«

»Warum nicht? Außerdem hast du ja deine alten Schuhe...«

Alte schwarze Schnallenschuhe, mit schiefgetretenen Absätzen!

Hätte sie insistieren sollen? Es wäre wahrscheinlich nur noch schlimmer gewesen! Seit einiger Zeit geriet Georges schon über ein Ja oder ein Nein in Zorn. Es war wirklich nicht der Augenblick, eine Szene heraufzubeschwören.

Sie zog sich an und schlug sich das schwarze leinene Tuch um die Schultern, das sie umnahm, wenn sie im Viertel ihre Einkäufe machte. Sie nahm die

Einkaufstasche und den Schirm. Als sie die zwei Stockwerke hinunterstieg, überkam sie Angst: Wenn es nur klappte! Wenn nicht, würde sie weiterhin das Wasser, die Kohle, das Baby hinaufschleppen. Sie fragte sich auf einmal, wie sie das so lange ausgehalten hatte. Sie fühlte sich nicht mehr dazu imstande.

Nach vorn gebeugt lief sie dicht an den Wänden entlang und hielt den Schirm schräg nach oben. Ihr Rock war bereits nach ein paar Schritten durchnäßt und klebte ihr an den Beinen. Das Wasser lief ihr in die Schuhe.

Wenn Mathilde Cassieux Hunderttausende erben würde, war es da nicht gerecht...

Sie bog um die Ecke, lief noch etwa hundert Meter und blieb dann mit klopfendem Herzen vor den drei Stufen der zweiflügeligen Eichentür stehen. Wie sie es vorausgesehen hatte, war die Tür angelehnt. Sie brauchte sie nur aufzustoßen und stand nun etwas unbeholfen in einem breiten Korridor mit weißen Marmorfliesen. Hinten im Gang sah sie durch die Glasscheiben der Küchentür eins der Dienstmädchen. Sie traute sich nicht, ihren regennassen Schirm in den kupfergetriebenen Schirmständer zu stellen.

Links öffnete sich eine Tür. Eine Frau, die Marie nicht kannte, wahrscheinlich eine entfernte Verwandte, schaute sie an, wie um sie zum Eintreten einzuladen.

Der Katafalk war noch nicht aufgebaut. Die Läden waren geschlossen, die Salonmöbel mit Tüchern verhüllt. Vier Kerzen brannten, und der Tote lag ausgestreckt mit gefalteten Händen, ein Tuch um das Kinn gebunden, auf dem mit einem Bettlaken bedeckten Tisch.

Ein schwarzgekleideter, dünner und eleganter junger Mann betrachtete Marie Dudon mit geröteten Augen, und sie hatte das Gefühl, als betrachtete er ihr Umschlagtuch. Tapfer ergriff sie den Buchsbaumzweig aus dem Weihwasserkessel und machte über dem Leichnam ein Kreuzzeichen in die Luft.

Mathilde Cassieux hatte sie noch nicht gesehen. Allerdings wagte sie es auch nicht, sich zu genau umzusehen. Niemand sprach mit ihr. Sie stand da, mit brausenden Ohren, in ihren Augen flackerten die Kerzenflammen.

Es waren vielleicht fünf Personen im Zimmer. Die Tür zum Nebenzimmer stand halb offen, und als Marie Dudon den Kopf hinwandte, sah sie Mathilde Cassieux, die sie von ferne beobachtete. Sie stand in einem Eßzimmer. Der Tisch war gedeckt, und benutztes Geschirr stand darauf.

Warum rief Mathilde sie nicht zu sich, warum machte sie ihr kein Zeichen? Sie begnügte sich damit, einen rätselhaften Blick auf sie zu werfen, und einen Augenblick lang fragte sich Marie Dudon, ob es nicht besser war, wenn sie ging.

Das Regenwasser aus ihrem Regenschirm bildete bereits eine Pfütze auf dem gewachsten Parkett. Ihr plebeisches Tuch genierte sie, und auch, daß sie ohne Hut gekommen war wie eine Frau aus den Hallen.

In das Eßzimmer zu gehen, ohne aufgefordert zu sein, wagte sie nicht. Mathilde Cassieux tat nichts, um ihr entgegenzukommen.

Also verließ sie das Totenzimmer und ging über den leeren marmorgefliesten Korridor auf die Küche zu.

»Was gibt's?« fragte das Küchenmädchen, das gerade Kartoffeln schälte.

»Ich hätte gern ein paar Worte mit Madame Cassieux gesprochen...«

»Ich glaube nicht, daß sie Sie an einem Tag wie diesem empfängt...«

Sie wurde aber doch angemeldet. Als das Mädchen zurückkam, zeigte sie auf einen Stuhl beim Ofen und sagte:

»Warten Sie hier...«

Leichter Dunst stieg aus ihrem Umschlagtuch auf. Eine kupferne Pendeluhr zeigte auf halb elf Uhr. Marie Dudon sah über dem Küchenherd einen großen Wasserbehälter. Eine sehr praktische Einrichtung. Leute kamen auf einen kurzen Besuch und gingen wieder. Im Korridor stand Mathilde Cassieux mit jemandem, den sie weinend umarmte.

Es war fünf vor elf, als eine Glocke über Maries Kopf sie zusammenfahren ließ. Das Küchenmädchen stand auf und schüttelte sich die Kartoffelschalen von der Schürze.

»Kommen Sie...«

Marie wurde in das Eßzimmer mit den dunklen, lederbezogenen Stühlen geführt. Die Tür zum Totenzimmer war zu. Mathilde Cassieux, ganz in Schwarz gekleidet, stand im Halbschatten.

»Lassen Sie uns allein, Françoise...«

Sie blieb aufrecht stehen, ohne sich zu rühren, ohne etwas zu sagen. Am Tag zuvor, als sie in ihrer furchtbaren Aufregung zum Haus der Dudons gelaufen war, war sie entschlossen gewesen, bis zu fünfzigtausend Francs zu gehen, wenn es sein mußte. An diesem Morgen hatte sie sich gesagt: »Vielleicht genügen dreißigtausend... wer weiß, vielleicht auch zwanzigtausend...?«

Jetzt blickte sie kalt auf ihre Besucherin, die ihr Umschlagtuch über der mageren Brust zusammengezogen hielt und der ihr Schirm und ihre Einkaufstasche im Wege waren.

»Sie wollten mich sprechen?«

Marie Dudon brachte unwillkürlich ein schwaches Lächeln hervor. Es war ihr flüchtiges, man könnte sagen unschuldiges Lächeln, das sie hatte, wenn sie glaubte, sich entschuldigen zu müssen. Sie fühlte sich wirklich fehl am Platz in diesem protzigen Eßzimmer, wo sie alles einschüchterte, zum Beispiel der herrliche Kamin mit dem offenen Feuer, das prächtige rote Lichtreflexe ins Zimmer warf.

»Ich habe mir gedacht...«

»Setzen Sie sich...«

Das war noch schlimmer, wegen des Regenschirms, von dem sie nicht wußte, wie sie ihn halten sollte. Sie ärgerte sich über ihren Mann, der sie daran gehindert hatte, sich zu kleiden wie andere

Leute auch, und sie in diesem scheußlichen Tuch hatte gehen lassen.

»Ich wohne in dem Haus direkt hinter Ihnen...«, brachte sie heraus und wandte sich zum Garten um.

»Ich weiß.«

»Im zweiten Stock... es ist sehr mühsam, vor allem mit dem Baby... wir haben kein Wasser auf dem Stockwerk...«

Die andere blieb stumm wie Marmor. Entweder begriff sie nicht, oder sie tat so, als würde sie nicht begreifen.

»Wenn wir eine Wohnung im Erdgeschoß bekommen könnten, oder noch besser, ein kleines Häuschen...«

»Sie wollen wissen, ob wir ein Erdgeschoß zu vermieten haben? Leider nicht im Moment. Wenn jemand auszieht...«

»Es ist...«

Wie ihr erklären, daß sie nicht daran dachte, Miete zu bezahlen, daß...

»Mein Mann ist arbeitslos... er war in der Bank Baladon angestellt. Sie wissen, Monsieur Baladon sitzt im Gefängnis...«

Sie war bei dem Wort angelangt, ohne es zu wollen. Sie ergriff die Gelegenheit derart verbissen, daß ihre Lippen zitterten. Sie wiederholte:

»Im Gefängnis... im Gefängnis, verstehen Sie?... Also, wir...«

War Mathilde Cassieux auch nur zusammengezuckt?

»Sie sind in einer schwierigen Lage, ich verstehe... ich bin durchaus bereit...«

Endlich! Marie Dudons Herz machte einen Sprung.

»... durchaus bereit, etwas für Sie zu tun... ich kann ja unseren Direktor bitten, Ihren Mann in sein Büro zu nehmen...«

Schweigen. Marie Dudon sah zu Boden und versuchte, sich Mut zuzusprechen. Es war das Haus, weshalb sie gekommen war. Die Stelle hatte Zeit...

»Es ist...«

»Sie müssen mich entschuldigen, ich kann mich nicht länger mit Ihnen aufhalten. Die tragischen Umstände... Wenn sich Ihr Mann heute nachmittag in der Rue Theodore-Ballant vorstellen und sich beim stellvertretenden Direktor erkundigen möchte. Vielleicht ergibt sich die Gelegenheit, daß ich Sie einmal wiedersehe...«

Sie drückte auf einen Klingelknopf.

»Françoise... begleiten Sie Madame hinaus... wie war gleich wieder der Name? Was sagten Sie? Dudon...«

Sie machte nicht einen einzigen Schritt, sie streckte nicht die Hand aus. Marie Dudon verließ das Haus wie eine Diebin.

»Wie geht's im Büro?«

Er, ohne sonderliche Begeisterung:

»Nun ja...«

»Was ärgert dich denn?«

»Ich weiß nicht, warum man mich so komisch

anschaut... Vielleicht ist es Einbildung... Alle sind so höflich zu mir... fast zu höflich... ›Monsieur Dudon‹, sagt der stellvertretende Direktor, ›wollen Sie mir den außerordentlichen Gefallen tun und...‹ Ich frage mich, ob sie sich über mich lustig machen.«

Marie antwortet mit Überzeugung, wobei sie zum Haus der Cassieux hinüberschaut:

»Sie werden es nicht wagen!«

Sie hat sie alle in der Hand. *Sie* hat sie in der Hand, Mathilde Cassieux! Sie hat die Stelle für ihren Mann akzeptiert, weil es ihr an diesem Morgen nicht gutging, weil sie sich nicht getraut hat, weil der Tote nebenan lag, und vor allem, weil sie sich in ihrem Umschlagtuch so unmöglich vorgekommen ist, mit ihren schlechten Schuhen und ihrem nassen Schirm. Aber es eilt nicht! Nach der Beerdigung wird immer noch Zeit sein. Sie muß nicht erst die Nachrichten in der Zeitung lesen, sie weiß, daß man noch nach vielen Jahren einen Leichnam ausgraben und Spuren von Gift finden kann!

Jedesmal, wenn sie ihre zwei Stockwerke hinaufsteigt, denkt sie:

»Wie oft noch? Zwanzigmal? Dreißigmal?... Dann habe ich Wasser in der Küche...«

Drei Tage vergehen, vier Tage. Die Leichenfeiern sind vorüber.

Abends kommt Georges aufgeregt nach Haus. Er blickt böse.

»Ich verschwinde aus dem Laden!« schimpft er, »diesmal bin ich sicher, daß sie sich über mich lustig machen. Weißt du, was ich den ganzen Tag lang gemacht habe?«

»Nein.«

»Ich habe Möbel rumgeschleppt... unter dem Vorwand, daß es im Büro nicht genug Arbeit gibt, sagt der stellvertretende Direktor zu mir, mit seiner übertrieben höflichen Miene:

›Wenn es Ihnen nichts ausmacht, Monsieur Dudon, könnten Sie in Zukunft dem Lagerverwalter etwas an die Hand gehen...‹

Ich bin völlig geschafft... ich hab mir das Knie aufgeschlagen... ich hab mir ein Loch in die Hose gerissen...«

Sie schaut aus dem Fenster. Also so ist das...

»Warte!« sagt sie entschlossen, »nimm den Kleinen für eine Stunde...«

»Was machst du?«

Sie zieht sich an, ihre besten Sachen, den neuen Mantel, die neuen Schuhe, den großen blauen Velourhut...

Währenddessen schaukelt ihr Mann mit dem Fuß die Wiege und hat die Zeitung aufgeschlagen.

»Ich dachte, sie sind katholisch!« sagt er, etwas lauter, denn seine Frau ist im Zimmer nebenan.

»Wer?«

»Die Cassieux...«

»Warum?«

»Weil ich hier lese, daß heute morgen die Beisetzung stattgefunden hat, in aller Stille. Der Leichnam ist eingeäschert worden...«

Stille.

Er ist erstaunt.

»Was machst du?«

Er steht auf und geht ins Nebenzimmer.

»Du ziehst dich aus? Was ist los? Gerade vorhin hast du noch...«

Das Gesicht, das sie ihm zuwendet, ist fahl. Ein unendlich bitteres Lächeln, voll tragischer Ironie, verzerrt ihre Lippen.

»Ja, vorhin...«, seufzt sie.

Sie geht durchs Zimmer und holt ihr altes Kleid aus der Ecke, die alten Schuhe, ihr Umschlagtuch. Ihre mageren Schultern zucken.

»Ich muß hinunter in den Keller, Kohlen holen... aber nein! Du bist müde... laß nur...«

Zwei Stockwerke, dann noch die Kellertreppe. Unten neben dem Kohlenhaufen fängt sie an zu weinen, vor Zorn, vor Scham.

Mit welch ruhiger und kalter Befriedigung muß Mathilde Cassieux vom Friedhof heimgekommen sein, muß sie vor dem Fenster gestanden und hinausgesehen haben, über die Gärten, auf das Fenster im zweiten Stock...

Die Hausbesitzerin ertappt Marie im Korridor.

»Ich hab Sie schon hundertmal gebeten, nicht nachmittags runterzugehen zum Kohlen holen. Sie wissen genau, daß der Gang und die Treppe schmutzig werden... hoffentlich muß ich es Ihnen nicht nochmal sagen...«

»Gut, Madame...«

Auf diese Demütigung kam es nun auch nicht mehr an...

Barraquiers Finger

Etwas, das aussah wie ein rotgelber Mond, hing vor ihnen in der feuchten Nacht: die Uhr einer Kirche oder eines öffentlichen Gebäudes. Sie stand auf zwei Uhr zwanzig. Es konnte ihnen so vorkommen, als gingen nur noch sie durch die engen Straßen von Nevers, wie im Innersten eines Labyrinths mit tönenden Gängen.

Wer war noch wach in der Stadt? Ein paar Kranke, die schweißnaß zwischen ihren Bettüchern lagen, Frauen, die am Bett eines Sterbenden wachten, zwei oder drei Wöchnerinnen, die gerade niedergekommen waren, vielleicht Francis, der das Boule-Rouge zumachte und die Kasse abrechnete, während der Kellner mit seinem Fahrrad aufs nahe Land nach Hause fuhr...

›Wenn wir einem Polizisten begegnen...‹

Während Charlotte so dachte, nachdem sie beschlossen hatte, daß sie, wenn sie einen Ordnungshüter entdeckte, sich ihm entgegenwerfen und ihm alles erzählen würde, fragte sie der Mann, der an ihrer Seite ging und mit der Hand unablässig ihre mollige Hüfte streichelte:

»In welcher Straße wohnst du?«

Fragte er zufällig? Charlotte fragte sich, ob er nicht etwas gemerkt hatte, und sie begann wieder zu zittern, wie vorhin, als sie aus dem Boule-Rouge gekommen waren. Was machte es schon aus, so flüchtig wie es war, ob sie in dieser oder in jener Straße wohnte? Von Anfang an hatte sie vermutet, daß er nicht betrunken war oder daß er jedenfalls, wenn er etwas getrunken hatte, einen klaren Überblick bewahrte.

»Ich wohne in der Rue Creuse... kennst du Nevers?«

»Ein bißchen...«

Sie würde den Plan also nicht verwirklichen können, der ihr plötzlich durch den Kopf geschossen war: einen Umweg machen, vorbei an der Polizeistelle, wo fast immer ein Beamter Dienst hatte...

»Wohnst du wenigstens allein?«

»Mit wem soll ich denn wohnen?« erwiderte sie mit einem nervösen Lachen.

Alle Fensterläden waren geschlossen. Die Häuser waren ganz schwarz, vom Gehsteig hinauf bis zum Dach. Sie begegneten keinem Polizisten. Charlotte hatte es gewußt. Sie machte ja jede Nacht denselben Weg, meistens allein, ab und zu in Begleitung. Und jedesmal war ihr irgendwie beklommen zumute, bis sie ihren Schlüssel ins Schloß steckte. Diesmal aber...

Sie gingen weiter. Der Mann hatte einen Arm unter ihrem Pelzmantel und ließ nicht ab, ihr durch den Seidenstoff des Kleides hindurch die Hüfte zu massieren.

Es war richtig gewesen, daß sie keinen Trick versucht hatte. Er bog von selbst nach links ab. Er kannte Nevers tatsächlich, und die Rue Creuse.

»Was hast du?« fragte er und warf seinen Zigarettenstummel weg.

Sie war nervös. Sie zitterte am ganzen Leib. Sie hätte kein gefülltes Glas halten können, ohne die Hälfte davon zu verschütten.

»Du tust mir ein bißchen weh...«

Schreien? Um Hilfe rufen?

Direkt vor dem Eingang eines alten Hauses mit vier Stockwerken blieb sie stehen. Sie machte ihre Tasche auf und kramte mit unaufhörlich zitternden Händen nach ihrem Schlüssel. Der Mann war so gierig nach ihr, daß er unablässig an ihr herumlangte.

Francis hatte ihr sofort mit den Augen zugezwinkert, und das sollte bedeuten: »Das ist ein Kunde für dich!«

Man konnte es daran sehen, wie er sich auf den Barhocker schwang und sich mit den Ellenbogen auf die Bar stützte, wie er seine Zigarette anzündete und wie er das fast leere Lokal um sich herum betrachtete.

»Einen Honolulu!« bestellte er.

Er hatte Charlotte, die vor einem der Spiegel stand und sich puderte, bereits in Augenschein genommen, und er musterte sie von Kopf bis Fuß.

»Nein, mein Lieber... das ist kein Honolulu... gib mal die Flaschen her... erst den weißen Rum...«

In diesem Moment hatte Francis Charlotte ein Zeichen gemacht, und sie war näher gekommen.

Das war nun kaum zwei Stunden her, und während Charlotte die Haustür aufstieß, kam es ihr vor, als wäre es schon endlos weit in Zeit und Raum versunken.

»Vorsicht auf die Stufen... es gibt kein elektrisches Licht im Treppenhaus... hast du Streichhölzer?«

Im Boule-Rouge war es so ruhig gewesen, eine so friedliche Atmosphäre! Francis in seiner weißen Weste hinter der Bar; Joseph, der Kellner mit der Glatze, den die Stammgäste Absalom nannten, in seiner Ecke mit dem Serviertuch unterm Arm; die drei Musiker im Russenkittel und Madame Pipi, die neben der Toilettentür saß und strickte...

»Lädst du mich zu einem Gläschen ein?«

»Nein, meine Schöne...«

Er war ganz mit seinem Cocktail beschäftigt, hatte aber Zeit gefunden, sie mit den Blicken auszuziehen.

»Kein Gläschen... ich kenne die Musik: gefärbtes Wasser, für das man mir zwanzig Francs abknöpft und das du trinkst, während ich mich volllaufen lasse... einen Honolulu, wenn du willst...«

Der Blick von Francis riet ihr:

»Nur zu!«

Auch nicht ein Schluck Champagner! Es war klar, daß das nicht verfangen würde, man hatte es mit einem Kenner zu tun.

»Es ist ganz lustig hier!« bemerkte er, zum Lokalraum gewandt, »wer sind die beiden Hampelmänner da?«

»Gäste...«

Sie mußte unwillkürlich lachen. Er hatte so eine eigene Art, Leute und Dinge zu fixieren, Fragen zu stellen, sich zu mokieren, ohne dabei zu lächeln.

Francis, der sich ja doch auskannte, konnte ihn noch nicht einordnen.

»Wie heißt du?«

»Charlotte...«

»Auf dein Wohl, Charlotte...«

»Kommst du aus Paris?«

Er antwortete nicht und begann, ihr Knie zu streicheln. Fünf Minuten später sah sich Charlotte gezwungen, zu sagen:

»Laß doch...«

Sie sagte es lächelnd, es war wirklich nicht bös gemeint. Er fand es normal, sie vor allen Leuten zu streicheln. Die beiden Gäste hatten ihr Gespräch unterbrochen.

»Was machen die beiden so?«

»Der große Magere mit dem Monokel ist Provinzarchivar... wir sagen nur ›Dingsda‹ zu ihm, weil er so einen endlosen Namen hat. Er ist adelig... Der andere ist der Sohn von einem Metzger... sie kommen jeden Abend...«

»Schon geschlafen?«

»Was meinst du damit?«

»Ich frage, ob sie schon mit dir geschlafen haben...«

»Du bist ja verrückt!«

Er zuckte mit den Schultern.

»Also, verschwinden wir?«

»Nicht jetzt...«

»Warum?«

»Eben weil!«

Ein paar Minuten später saßen sie in der Ecke auf einer Bank mit dunkelrotem Samt.

»Bist du eben in Nevers angekommen?... Vorsicht! Der Dingsda beobachtet uns.«

»Soll ich ihm sein Monokel herunterholen?«

Er hätte es glatt getan! Sie hatte ihn davon abhalten müssen. Er trank sein Glas immer mit einem Zug leer. Aber er schien nicht betrunken zu sein. Er war noch sehr jung, keine dreiundzwanzig Jahre alt. Manchmal zogen sich seine Augenbrauen zusammen.

»Woran denkst du?«

»An nichts... komm doch näher...«

»Sei artig!«

Sie fürchtete sich beinahe. Er hatte eine Art, sie an sich zu ziehen, die keine Gegenwehr duldete. Um ein weniges hätte er sie in seiner Ungeduld ausgezogen, hier, vor allen Leuten.

»Hör mal, meine kleine Charlotte... wir werden hier nicht verschimmeln...«

»Ich darf nicht vor Lokalschluß weg...«

»Wann wird geschlossen?«

»Vielleicht um drei... manchmal um vier...«

»Frag den Patron...«

»Er wird nicht wollen...«

»Gut!«

Er war aufgestanden. Wankte er ein bißchen? Als er bei den beiden Gästen vorbeikam, blieb er mit einem Mal stehen und betrachtete sie, bedächtig, wie man ein Schaufenster betrachtet. Dann zuckte er mit den Schultern und ging auf die Bar zu. Er beugte sich vor und diskutierte lange mit Francis, der unentschlossen schien. Schließlich nahm er den Geldbeutel aus der Tasche...

In diesem Augenblick war Charlotte aufgefallen, daß sein grauer Sportanzug zerknittert war, wie nach mehreren Tagen Bahnfahrt.

»Komm schon! Wir gehen...«

»Aber der Patron...«

»Schon erledigt... ich hab das raus, verstehst du! Was hätten wir bis vier Uhr morgens noch getrunken? Maximal drei Flaschen Champagner. Ich habe vier bezahlt...«

Francis erklärte Charlotte von weitem durch Zeichen: »Geh nur! Nichts zu machen...«

»Zieh deinen Mantel an...«

»In welchem Hotel bist du abgestiegen?«

Er hatte einen Augenblick gezögert.

»Können wir nicht zu dir gehen?« hatte er ängstlich gefragt. Sie hatte Verdacht geschöpft, nur ganz leise, aber einen Verdacht. Wenn junge Leute in diesem Alter das Geld so locker haben... Sie konnte nicht umhin zu lächeln, als sie seinen flehenden Blick sah. Komischer Junge! Noch nie war sie jemandem begegnet, der derart gierig nach ihr war. Seine Augen liebkosten ihren ganzen Körper. Seine Hände ließen nicht von ihrem Fleisch.

»Nun?«

»Komm schon!«

An diesem Abend war nur sie im Lokal. Es war ein schlechter Tag, Montag. Das zweite Animiermädchen, Olga, war krank. Nachmittags war Charlotte zu ihr gegangen, um ihr Schröpfgläser aufzusetzen.

»Meinen Mantel, Madame Pipi...«

Das orangefarbene Licht... die Musiker, die ohne Überzeugung spielten... die beiden sorgfältig gekleideten Stammgäste mit dem blasierten Blick, die ihre Ehre dreinsetzten, als letzte in Nevers schlafen zu gehen. Ein Augenzwinkern von Francis als Gutenachtkuß. Charlotte wußte, daß er zumachen würde... Schon auf der Treppe die neugierigen Hände ihres Begleiters.

»Du hast es aber eilig!«

Die frische Luft auf der Straße, das Hallen ihrer Schuhe, der hohen Absätze von Charlotte auf dem Pflaster. Und dann...

Sie waren keine hundert Meter gegangen. Der Mann war gerade in eine dunklere Straße eingebogen, deren Gehsteig nicht breit genug für sie beide war. Er ging rechts von ihr, glitt mit dem Arm unter Charlottes Pelzmantel und drückte ihre Hüfte.

Zunächst war es nur irgendwie unangenehm. Charlotte hatte das Gefühl, daß etwas nicht stimmte. Aber was? Noch ein paar Schritte, und auf einmal fühlte sie, wie ihr das Blut stockte, eine Angst überfiel sie, daß sie erstarrte und ihr der Atem stehen blieb.

»Was hast du?«

Die Frage verstärkte ihre Angst noch. Um keinen Preis durfte er ahnen, daß sie etwas gemerkt hatte...

»Nichts, mein Absatz ist umgeknickt...«

Denn sie hatte es gemerkt... dieses unangenehme Gefühl... diese Hand... sie hatte sich gefragt, was an dieser Hand, die ihr die Hüfte quetschte, so seltsam war... ja, jetzt war sie fast sicher... es fehlte ein Finger. Es fehlte der Zeigefinger... ihr Begleiter war niemand anderer als Barraquier!

›Ich muß mir Gewißheit verschaffen...‹

Aber wie? Sie wagte es nicht, die Hand des Mannes in die ihre zu nehmen. Am liebsten hätte sie geschrien. Und wenn sie sich irrte?

Sie tat so, als wäre es ihr zu warm, und öffnete halb den Mantel. Ihre Hand streifte die andere Hand. Sie hatte keinen Zeigefinger!

Alle Türen waren verschlossen, alle Läden waren zu!

›Wenn wir einem Polizisten begegnen...‹

Der Mann, der ihre Hüfte betastete, dessen heißen Atem sie auf ihrem Nacken spürte, der Mann, der unter einer Gaslaterne stehenblieb, um sie zu küssen, der Mann, den sie mit nach Hause nahm und der in ihrem Bett schlafen würde, war der Mörder aus der Rue Daunou!

Seit acht oder zehn Tagen suchte ihn die Polizei in ganz Frankreich. An den Grenzen überprüften Beamte argwöhnisch die Reisenden und hielten die Autos an. Die Zeitungen hatten seinen Steckbrief veröffentlicht. Anonyme Briefe lenkten täglich Untersuchungsbeamte auf tausend falsche Spuren.

Barraquier, der seine ehemalige Freundin in einem Zwischenstock im Badezimmer getötet hatte, in der Rue Daunou, war in Nevers, frei und ungezwungen, ohne anderen erkennbaren Wunsch, als seine Begleiterin gierig an sich zu drücken.

»Ist es noch höher?« fragte er in dem dunklen Treppenhaus.

Und sie, mit Geisterstimme:

»Im vierten...«

Wenn sie schrie? Im dritten Stock wohnten nur zwei alte Leute, Philemon und Baucis wurden sie genannt, die ihr keinerlei Hilfe wären. Außerdem würden sie sich ohnehin nicht in Unannehmlichkeiten stürzen. Schon zehnmal hatten sie an den Hausbesitzer geschrieben, um sich über Charlottes Lebenswandel zu beschweren.

»Komm rein... warte... ich mach Licht...«

Zwei Zimmer, ein Wohnzimmer und eine Küche, hübsch eingerichtet, sehr sauber. Charlotte war nicht wie ihre Kollegin Olga, die möbliert wohnte und in Unordnung lebte. Sie wachste selbst ihren Parkettboden und machte sich fast alle ihre Kleider selbst.

»Soll ich dir eine Tasse Kaffee machen?«

»Also wirklich!«

Er zog seine Jacke aus. Sie sah, daß sein seidenes Hemd zerknittert war. Vermutlich trug er das Hemd schon seit der Rue Daunou!

Der Mann mit dem blauen Sportwagen... So

wurde er zuerst in den Zeitungen genannt, denn die Pächterin in der Rue Daunou hatte der Polizei erzählt, daß er mit einem himmelblauen Sportwagen zu seinen Verabredungen fuhr.

Zwei Tage später fand man den Wagen in Dieppe, und ein paar Leute behaupteten, dem Mörder sei es gelungen, mit einem Schiff zu entkommen. »An ein Detail erinnere ich mich...« erklärte dann die Putzfrau der Kriminalpolizei, »an der linken Hand fehlt ihm der Zeigefinger...«

Auf diesen Hinweis hin hatte man ihn identifiziert. Das heißt seine Mutter...

Denn er wohnte bei seiner Mutter. Sie war Witwe und stammte aus einer angesehenen Familie.

»Ich kann es gar nicht glauben, Herr Kommissar, daß Jean...«

Jean Barraquier! Jean Barraquier! Jean Barraquier! Innerhalb von acht Tagen war dieser Name, den noch am Tag zuvor keiner gekannt hatte, millionen- und abermillionenmal in dicken Lettern in den Zeitungen abgedruckt worden:

»Die Tragödie in der Badewanne... Der Mörder aus der Rue Daunou... Der blutige Gigolo...«

»Worauf wartest du?« Er saß auf dem Bettrand und war ungeduldig.

Er zog seine Schuhe aus. Nach vorn gebeugt sagte er mit der ernsthaftesten Stimme von der Welt, wie im Selbstgespräch:

»Du wirst es mir sicher nicht glauben... aber ich habe noch nie in meinem Leben solche Lust auf eine Frau gehabt wie auf dich...«

Sie lächelte unwillkürlich und schloß die Augen. Wenn sie hätte schreien können, wäre dann...

»Du beißt mich ja...« klagte sie mit kindlicher Stimme.

Das Boule-Rouge war geschlossen. Dingsda und sein Freund, der Sohn des Metzgers, hatten sich darein gefügt, schlafen zu gehen wie die anderen Sterblichen auch.

Bei Tagesanbruch war im vierten Stock in der Rue Creuse in einem Fenster immer noch Licht zu sehen, und die Straßenkehrer hatten bereits ihre Runde begonnen, als es endlich erlosch.

Sie wußte nicht, ob sie geschlafen hatte. Es war eher ein Halbschlaf gewesen, unterbrochen von dunkleren Zwischenräumen. Sie wandte langsam den Kopf und schaute auf das Gesicht von Barraquier, ganz nahe neben dem ihren, mit halbgeöffnetem Mund. Sie streckte mit unendlicher Vorsicht ein Bein aus dem Bett, dann das andere und machte einen Schritt, dann einen zweiten Schritt ins Zimmer.

Der Wecker auf dem Kamin in der Küche zeigte auf neun Uhr. Von der Straße kamen Stimmen herauf, und sie erkannte das Horn des Gemüsehändlers.

Sie nahm aufs Geratewohl ein Leinenkleid aus dem Schrank, steckte sich die Haare auf und sah noch einmal nach dem Bett. Er schlief noch immer. Ein Arm schaute aus den Bettüchern, der linke Arm, mit der Hand mit dem abgeschnittenen Zeigefinger, die auf den Boden herunterhing.

Wenn der Fußboden knarrte... Sie faßte nach dem Türknauf. Auf dem Treppenabsatz mußte sie eine Weile stehenbleiben, so heftig pochte ihr Herz, dann rannte sie kopfüber ins Treppenhaus. Noch auf dem Gehsteig rannte sie, bis zur Hauptstraße. Sie tauchte gewissermaßen im morgendlichen Leben unter. Ein Auto fuhr knapp an ihr vorbei, der Fahrer stieß ein Schimpfwort aus.

Sie wußte, wo das Polizeirevier war. Einmal war sie hingebracht worden, als im Boule-Rouge eine Rauferei stattgefunden hatte und alle auf die Wachstation mitgenommen wurden.

Sie hatte sich so schnell angezogen, daß sie keine Unterwäsche anhatte, und an der frischen Luft kam sie sich nackt vor.

»Jean Barraquier... ja, Monsieur... er ist bei mir, Nummer 13, Rue Creuse... er schläft... heute nacht...«

Wenn sie zu Francis ging, um ihn um Rat zu fragen? Wenn sie... Auch andere Männer waren mit ihr aufs Zimmer gekommen. Aber nie, nie hatte sie einen gekannt, der von einem derartigen Liebesfieber gepackt gewesen war. Im Boule-Rouge hatte er vielleicht ausgesehen wie ein Mann. Er spielte sich auf, er hatte ein sehr bestimmtes Auftreten.

Im Bett, allein mit ihr, war er ein völlig durchgedrehter kleiner Junge.

»Nein... schlaf noch nicht... hör doch, Charlotte...« hatte er flehentlich gesagt.

Dann war er eingeschlafen, seine brennende Wange auf ihrer Brust, ganz plötzlich, wie Kinder einschlafen. Sie mußte ihn vorsichtig wegschieben und ihn zudecken. Lange hatte sie seinem vom Alkohol ein wenig rauhen Atem zugehört. Einmal hatte er geredet. Sie beugte sich hinüber und versuchte, etwas zu verstehen, aber es gelang ihr nicht...

Plötzlich wurde sie angerempelt, und es kam ihr zu Bewußtsein, daß sie regungslos vor dem Polizeirevier stand. Ein Streifenpolizist sah sie an und lächelte. Sie hielt es für angebracht, ein vages Lächeln anzudeuten und ging geradewegs weiter.

›Wenn er unglücklicherweise aufwacht, wird er glauben...‹

Sie ging also in ein Milchgeschäft und kaufte ein Viertel Butter, Eier, Käse. Zum Glück hatte sie ganz mechanisch ihren Geldbeutel mitgenommen.

›Er muß weg... vielleicht ist er schon fort...?‹

Und sie hatte ihn ganz naiv gefragt, in welchem Hotel er abgestiegen sei! Als ob er hätte in einem Hotel absteigen können! Aber wo war er an den Tagen zuvor? In anderen Städten vermutlich... denn er mußte ja von Stadt zu Stadt... Hatte er es dort genauso gemacht...?

Sie gestand es sich nicht ein, aber bei diesem Gedanken fühlte sie einen Stich im Herzen. Nein! Das war nicht möglich! Mit den anderen konnte er nicht genauso gewesen sein wie mit ihr. Gewisse Einzelheiten, die einen nicht täuschen...

Ihr Schlüssel... sie hatte ihren Schlüssel vergessen! Sie mußte läuten. Die Hausbesitzerin machte auf und sagte wie gewöhnlich kein Wort.

»Entschuldigen Sie, Madame Maigre... ich habe meinen Schlüssel vergessen und...«

Sie war bereits im Treppenhaus. Sie hatte Angst. Wenn sie nicht mehr in ihre Wohnung zurückging? Wenn sie Olga bat, sie bei sich aufzunehmen?

Baucis öffnete einen Spalt breit ihre Tür, um sie vorbeigehen zu sehen, und schüttelte seufzend den Kopf.

Sie mußte natürlich wirken. War es nicht natürlich, morgens einkaufen zu gehen? Sie ließ sich Zeit, bis sie sich wieder gefangen hatte, öffnete die Tür und lächelte.

»Schon wach?« flüsterte sie etwas mühsam, denn die Luft ging ihr aus.

Er hatte sich ganz angezogen, stand mit dem Rücken zum Fenster und sah sie an, als sie näher kam.

»Mir ist eingefallen, daß nichts zu essen da ist, und da bin ich weggegangen, um...«

Er sah müde und besorgt aus. Er hatte sich eine Zigarette angezündet, die er lustlos rauchte.

Sie überlegte. Wenn sie jetzt in die Küche ging, war sie eine Gefangene. Andererseits konnte sie nicht an der Tür stehen bleiben.

»Was hast du?« fragte er.

»Was soll ich haben?«

»Ich weiß nicht... du schaust mich so komisch an...«

Sie merkte nicht, daß sie es war, die unnatürlich wirkte!

»Du bist lang weggeblieben...«

Sie sprach viel zu schnell. Sie wußte es, aber es war stärker als sie.

»Es waren Leute im Milchladen... dann hab ich eine Kollegin von früher getroffen... stell dir vor, sie war Tänzerin, und sie hat geheiratet, einen...«

Er erfuhr nie, wen die Tänzerin geheiratet hatte, denn Charlotte hielt plötzlich inne.

Es war dasselbe Gefühl wie in der Nacht auf der Straße, als sie die Hand auf ihrer Hüfte gefühlt und als sie begriffen hatte, nur noch viel stärker, unausweichlich. Er blies immer noch den Rauch seiner Zigarette vor sich hin. Während sie regungslos stehen blieb, wie an den Boden genagelt, machte er eine Bewegung, um sich aufzurichten, und jetzt, plötzlich, ließ sie ihre Päckchen fallen und stieß einen durchdringenden Schrei aus.

Wie lange war ihr, als könnte sie sich nicht vom Boden losreißen, wie in einem Alptraum? Wie viele Sekunden? Wahrscheinlich nicht einmal Sekunden. Er sah sie erstaunt an und runzelte die Augenbrauen.

Endlich konnte sie sich wieder bewegen. Sie sprang zur Tür, stürzte ins Treppenhaus und schrie, so laut sie konnte:

»Hilfe! Der Mörder! Der Mörder!«

Einige Türen gingen auf, andere gingen zu, sie stieß den alten Philemon an und brüllte immer wieder:

»Der Mörder! Der Mörder!«

Er mußte ihr auf den Fersen sein. Er würde sie packen, sie töten.

»Der Mör...«

Sie fiel nach vorn, auf den Gehsteig. Schon bildete sich eine Gruppe von Leuten um sie.

»Oben!... Barraquier!«

Es blieb ihr immer rätselhaft, aus welcher Richtung der Polizist aufgetaucht war.

»Daß ein Mann in ihrem Zimmer ist, das stimmt«, bestätigte die Hausbesitzerin.

Was dann geschah, sollte später in den Zeitungen berichtet werden. Die Straße wurde umstellt. Der Polizist wartete auf den Kommissar. Vier oder fünf Leute stiegen hinauf. Es war niemand im Zimmer, in dem noch der Tabaksqualm schwebte. Weiter oben war die Speichertür eingetreten.

Der Gesangslehrer, der gegenüber wohnte, erschien an seinem Fenster, zeigte auf etwas auf den Dächern und schrie unverständliche Worte.

Sofort waren alle Fenster voller Neugieriger.

»Woher wissen Sie, daß er es ist?« fragte ein Inspektor.

Charlotte wußte nicht, zu wem man sie gebracht hatte.

Sie befand sich in einer Küche, in der Zwiebeln brutzelten und ein Baby mit verschmiertem Gesicht in einem Kinderstühlchen saß und mit einem Holzlöffel spielte.

»Sein Finger... als ich heimkam, hat er mich bedroht...«

Sie glaubte es wirklich. Sie war sogar sicher, daß er hinter ihr hergelaufen war.

»Womit hat er Sie bedroht?«

»Ich weiß nicht... wahrscheinlich mit einem Revolver...«

Man hatte die Feuerwehrleute herbeigerufen. Nachbarn hatten Barraquier gesehen, der vier Häuser weiter hinter einem Kamin kauerte. In allen Dachluken waren Polizisten.

»Wann haben Sie ihn identifiziert?«

Sie behielt genug Geistesgegenwart, um zu antworten:

»Als ich heimkam und er auf mich zuging... ich hab auf seine Hand geschaut...«

Man goß ihr Rum in ein Glas, und sie mußte husten. Diese Gelegenheit ergriff sie, um zu weinen; die Nerven gingen mit ihr durch.

»Ist er gefangen?«

»Er ist über die Dächer abgehauen. Aber es kann nicht lang dauern, bis wir ihn haben...«

Sie schämte sich. Wenn sie ihm nur hätte sagen können, daß sie es nicht absichtlich getan hatte, daß sie ihn nicht anzeigen wollte, daß...

»Sind Sie sicher, daß man ihn fängt?«

Man mußte ihn fangen! Wie sollte sie sonst weiterleben, mit der ständigen Angst, ihn an einer Straßenecke auftauchen zu sehen?

»Na, Kleines?«

Das war Francis. Von überallher kamen Neugierige. Die Straße war abgesperrt. Gott weiß, wie es Francis angestellt hatte, durch die Menge zu kommen.

»Warum hast du das gemacht?« fragte er sie ganz leise.

»Ich schwör dir, Francis...«

Sie wurde rot, als sie das sagte. Sie fragte sich jetzt, ob er sie wirklich bedroht hatte. Sie sah ihn wieder vor sich, mit dem Rücken zum Fenster, müde, mit umränderten Augen, mit aufgelösten Gesichtszügen, seine Zigarette zwischen den Lippen.

»Haben Sie ihn?«

»Noch nicht...«

Es war schwieriger, als man geglaubt hatte. Mittags lief die Jagd über die Dächer immer noch. Eine Feuerwehrleiter war ausgefahren worden, und man sah die Kupferhelme in der Sonne funkeln.

»Hör zu, Francis... dir kann ich es ja sagen... ich wollte... ich bin bis zum Polizeirevier gelaufen... ich hab's nicht gekonnt, und ich bin wieder zurückgegangen...«

»Bist du sicher, daß er...?«

Aber nein, sie war überhaupt nicht sicher! Er hätte ihr vielleicht gar nichts getan! Wer weiß, ob er nicht an etwas ganz anderes dachte oder ob es nur sein vom Trinken ausgetrockneter Mund war...

Als er sich um drei Uhr ergab, hatte er folglich auch keinen Revolver in der Tasche.

»Da habt ihr mich ja!« sagte er verächtlich. »Wo ist die Schlampe?«

Alle befanden sich im Irrtum, genauso wie er. Die Zeitungen druckten:

»Aufgrund der Anzeige einer Animierdame des Boule-Rouge...«

Konnte sie ihnen widersprechen?

Und das alles, weil sie, als sie heimkam, schokkiert war, ihn im Gegenlicht zu sehen, mit gerunzelten Augenbrauen, und weil sie in Panik geraten war.

Sie hätten sonst wohl zusammen gefrühstückt, in der so sauberen und freundlichen Küche, und dann...

Der Präsident des Gerichtshofes sagte einige Monate später zu ihr, nicht ohne eine ein klein wenig verächtliche Ungeniertheit:

»Der Gerichtshof bedankt sich bei Ihnen...«

Während Barraquier hinter seiner Barriere saß und ihr so weit weg vorkam, so weit weg wie am Ende eines umgedrehten Fernrohres. Er sah sie mit gleichgültiger Miene an und lutschte die Pastillen, die ihm sein Anwalt mitgebracht hatte.

Monsieur Safts Schicksal

Sie können sich wieder anziehen... Verheiratet?... Kinder?

In Wirklichkeit reagierte Monsieur Saft sehr gefaßt auf den Schock. In dem Spiegel im Konsultationszimmer konnte er sehen, wie er ihn traf. Er hielt gerade die Arme in die Luft, um sich das Hemd über den Kopf zu ziehen. In der schlechten Beleuchtung war seine fette Brust mit den schwarzen Haaren so fahlweiß wie seine Wäsche. Vorher hatte ihn der Arzt vor dem Auskultieren vertraulich in die Brust gekniffen. Er hatte Brüste wie ein junges Mädchen.

»Das Fett hier gefällt mir gar nicht, mein Lieber...!«

Es war ein billiger Arzt im dritten Stock eines alten Hauses in der Rue Coquillière, bei den Markthallen. Es war Winter, fünf Uhr nachmittags. Unten in der engen, vom Schaufensterlicht erleuchteten Straße mit den schwarzen und kalten Durchfahrten war Paris voll bunten Lebens – Männer, Frauen, Autos, vor Wagen gespannte Pferde. In dem Haus, in dem der Arzt wohnte, rumorte es hinter allen Türen, es wurde gesprochen, geflüstert, es gab einen Friseur, eine Wahrsagerin, einen Hutfedernhändler, einen kleinen Spediteur für die Hallen, ein Anlagebüro, und in dem schlecht erleuchteten Treppenhaus stießen andauernd Leute mit den Schuhen gegen die Stufen.

»Ich lebe allein...«, brachte Monsieur Saft mit beinahe fester Stimme hervor und versuchte, mit seinen dicken Lippen ein bitteres Lächeln zustandezubringen, »Sie können es mir ruhig sagen... Sie sind schon der dritte heute nachmittag...«

Der Arzt dachte schon wieder an etwas anderes.

»Der dritte was?«

»Arzt...«

»Was haben Ihnen die beiden andern gesagt?«

»Dasselbe wie Sie...«

»In diesem Fall... wenn Sie es wissen... Denken Sie daran, daß Sie, wenn Sie sich keine Exzesse erlauben, noch sechs Monate leben können... vielleicht auch noch ein Jahr...«

Das schwierigste war, die Krawatte zu binden, denn Monsieur Safts Finger zitterten doch ein wenig.

»Was schulde ich Ihnen?«

»Zwanzig Francs...«

Drei Ärzte zu zwanzig Francs, der erste Place de la République, der zweite Rue Bergère... Für die sechzig Francs hätte er sich auch einen feinen Doktor nehmen können, aber hätte er dort mehr erfahren? Vielleicht weniger, die feinen Doktoren glauben ja immer, sie müßten mehr Optimismus zeigen.

»Es wird ganz schnell gehen, nicht?«

Den Arzt ließ das gleichgültig, er dachte an die

sieben Patienten, die noch im Vorzimmer warteten – sieben Patienten zu zwanzig Francs –, und er bemerkte so nebenbei:

»Vermutlich... Sie brauchen keine Angst zu haben...«

Auf der Straße schlug Monsieur Saft den Kragen seines Überziehers hoch, es war kalt. Die Menge, die mitleidig herbeigeeilt wäre, wäre eine Katze von einem Auto überfahren worden, hastete an ihm vorüber und rempelte ihn an, ohne etwas zu ahnen. Monsieur Saft blieb vor den Schaufenstern stehen, um sich zu beweisen, daß er ruhig war. Weihnachten stand bevor, und in einigen Auslagen waren Girlanden aus künstlichem Schnee und kleine bunte Kugeln zu sehen.

Er hatte immer geahnt, daß das eines Tages kommen würde – und nun war es eingetreten! Er betrachtete sich im Fensterglas einer Metzgerei; das Glas mußte fehlerhaft sein, denn er sah sich mit leicht verbogener Nase und mit so verschwommenen Gesichtszügen wie hinter Dampfschwaden.

»Der erste Arzt hat gesagt zwei oder drei Jahre, aber das war ein alter Mann, der vielleicht selber Angina pectoris hatte...«

Beinahe hätte ihn ein Lastwagen umgefahren, er konnte gerade noch auf das schmale Trottoir springen. Seine Schläfen waren feucht. Er näherte sich den großen Boulevards. Vor einem Kirchenportal blieb er stehen, mit feuchter Nase, stärker bedrückt, als er es bei den drei Ärzten gewesen war. Auf der Erde saß ein alter Mann, eine Krücke über den Beinen, und auf der Krücke lagen Abendzeitungen ausgelegt. Der Alte hielt nicht nach Kunden Ausschau. Er sah zu Boden, man bediente sich selbst und warf das Geld in eine Holzschale.

Nun erst verspürte Monsieur Saft seine ganze Angst. Der Alte erinnerte ihn an einen anderen Alten. Das war in Warschau gewesen, als er noch ein Kind war. Der Schnee war dabei, sich in gelblichen Matsch aufzulösen. Streifen eisigen Regens durchzogen den Lichtschein der Gaslaternen. Um eine Statue auf einem Platz ein Gitter. Gegen das Gitter gelehnt, direkt am Boden, ein bärtiger Alter zwischen Zeitungen, die um ihn her verstreut lagen.

Der kleine Saft trug damals keine richtigen Schuhe. Er schlenderte umher, die Hände in den Taschen, die Schultern eingezogen, und er betrachtete lange den Zeitungsverkäufer. Die Menge lief vorbei, wie hier, die Schlitten glitten durch den Matsch und spritzten ihn bis in die Mitte der Gehsteige.

Warum war der kleine Junge unbeweglich stehengeblieben, mit gerunzelten Augenbrauen, während sich die Zeitungen langsam im Schnee aufzulösen schienen? War ihm der Gedanke gekommen – aber daran wollte er nicht mehr denken –, schnell die Hand in die Holzschale zu tauchen und davonzulaufen?

Jedenfalls hatte er, als er näher kam, eine Entdekkung gemacht: Der Alte war tot, obwohl ihm die Augen offenstanden... Er war mitten auf der Straße gestorben, ohne daß es jemand bemerkt hätte, sein

Gesicht in Höhe der Beine der Passanten, die an ihm vorbeiliefen...

Ein Frösteln lief Monsieur Saft den Rücken hinunter, und er ging schneller. Auf dem Boulevard Saint-Martin betrat er einen Hof, zwischen einer Musikalienhandlung und einer Pfeifenfabrik. Der Hof war nur durch den Lichtschein erhellt, der aus dem Fenster drang. Er stieß eine Tür auf, stieg einige Stufen hinunter und betrat sein Büro, das ein Emailschild hatte: EDITIONS OPTIMA.

»Der Briefträger ist gerade dagewesen«, berichtete Madame Pourcel, die unter einem Knäuel Bindfaden, das von der Decke hing, Pakete schnürte.

Sie merkte nichts. Er führte dieselben Handgriffe aus wie jeden Tag. Zuerst mußte er für jedes Paket, das sie fertiggemacht hatte, ein gelbes Postformular ausfüllen. Dann übertrug er Namen und Adresse in eine Liste. Direkt hinter ihm stand der Ofen. Regale füllten den ganzen Raum im Untergeschoß aus, aus dem nur – wie für den Alten in Warschau! – die Beine und Füße der Leute zu sehen waren, die am Hof vorbeigingen.

»Ich gehe auf die Post, Monsieur Saft. Muß ich nachher wieder zurückkommen?«

Er sah sie erschrocken an.

»Natürlich, wir müssen...«

»Es ist dann schon sechs Uhr, und...«

Madame Pourcel war vierzig oder fünfzig Jahre alt. Sie fungierte gleichzeitig als Aufwartefrau, Lagerverwalterin, Angestellte, und manchmal machte

Monsieur Saft um diese Uhrzeit plötzlich das Licht aus, ohne es vorher anzukündigen, denn vor dem Kellerfenster war kein Vorhang. Sie protestierte nicht. Sie zeigte weder Freude noch Mißfallen. Er machte wieder Licht und nutzte das, nachdem er schon stand, um den Ofen nachzulegen.

»Es ist etwas weniger Post als gestern...« erklärte sie. Immer dieselben Briefe mit einer Bestellung darin. Die Annoncen in den kleinen Blättern lauteten: »Diskrete Zusendung...«

Den ganzen Tag lang verpackten Madame Pourcel und Monsieur Saft schlechte Broschüren aus schlechtem Papier, aber mit ansprechendem Titel.

Madame Pourcel blieb eine halbe Stunde weg. Im Postamt standen die Leute Schlange. Sie wunderte sich, warum Monsieur Saft auf der Türschwelle stand und auf sie wartete.

»Ich möchte Sie gern etwas fragen«, sagte er, »würde es Ihnen was ausmachen, bei mir zu schlafen?«

Sie verstand nicht ganz.

»Bei Ihnen schlafen?«

Er genierte sich.

»Es ist nicht, was Sie denken... ich möchte nur... na, unwichtig! Natürlich würde ich Ihr Gehalt erhöhen...«

»Das ist nicht das Problem. Es ist nur nicht möglich. Mein Sohn wohnt bei mir...«

»Sie haben einen Sohn?«

»Ja, er ist sechzehn... Er arbeitet in einer Garage... Ich kann ihm ja nicht einfach erklären...«

»Na schön.«

»Sind Sie böse?«

»Nein...«

»Warum schauen Sie mich so an? Hab ich noch was zu tun heut abend? Ich komme sonst zu spät zum Abendessen...«

»Guten Abend...«

Er sagte dieses »Guten Abend« mit einer Stimme, die sie auf dem ganzen Heimweg beunruhigte.

Monsieur Saft blieb wie jeden Abend bis halb acht Uhr im Büro. Er heftete die Bestellungen zusammen, nachdem er sie signiert hatte, dann die Briefe. Schließlich versicherte er sich, daß der Ofen am Ausgehen war, zog seinen Mantel an, seinen Hut und schloß die Tür hinter sich ab.

Hundert Meter weiter, in der Rue de Bondy, fand er seinen freien Tisch in seinem kleinen Restaurant, sein Gedeck und die gewohnte Bedienung, die ihm mitteilte:

»Es gibt Eintopf heute...«

Sie war schwarz gekleidet, trug eine weiße Schürze und hatte immer ein müdes Gesicht. Er wußte, daß sie ein Kind in Pflege hatte. Nein! Auch sie würde nicht bereit sein...

»Sie sehen so abwesend aus, Monsieur Saft . . .«

Er lächelte vage, wie um sich zu entschuldigen. Auch hier wieder entdeckte er sich in einem Spiegelglas. Ohne Hut sah er beinahe noch fetter aus; er war fast kahl, und die wenigen Haare kämmte er über seinen Schädel, so daß sie wie mit Tusche gezeichnet aussahen.

»Na, lesen Sie heute keine Zeitung?«

Für gewöhnlich las er beim Essen die Zeitung. Er hatte sich keine gekauft, wegen des alten Mannes und wegen der Erinnerung an Warschau. Eine Art abergläubische Furcht hatte ihn daran gehindert. Die Bedienung, Marthe, schlüpfte zwischen den Tischen hindurch, die so eng zusammenstanden, daß sie den Rücken der Gäste streifte. Wenn es ihn hier traf...?

Er sah in den Spiegel und versuchte sich vorzustellen, wie er als Toter aussah.

Er hatte begonnen sich auszuziehen. Er wohnte in einer Drei-Zimmer-Wohnung in der Rue de Turenne, einer sehr sauberen Wohnung mit hübschen neuen Möbeln. Die Concierge machte ihm den Haushalt, und auch das kleinste Stück stand auf seinem Platz. Im ganzen sahen die Zimmer genau so aus wie in dem Möbelkatalog.

Vielleicht war es das, was ihm plötzlich Angst machte. Er hatte das Gefühl, als sei er ganz allein in einem leeren Raum, und fast hätte er um Hilfe gerufen, so wie man mitten in der Nacht aufwacht und einen Halt sucht.

Die Concierge war verheiratet und hatte zwei Kinder. Als er an ihrer Loge vorbeikam, zog sie gerade das kleinere davon aus, und sie überlegte sich, daß er wohl ins Kino ginge. Ohne das Baby loszulassen, zog sie die Schnur und ahnte nicht, daß er große Lust gehabt hätte, hereinzukommen und sich für eine Weile in die warme Loge zu setzen.

Zuerst konnte man ihn in einer Brasserie auf der Place de la République vor einem Glas Mineralwasser sitzen sehen. Mit trüben Augen sah er die Leute an, wie in einem Wartesaal im Bahnhof. Neben ihm unterhielt sich ein Pärchen, und plötzlich legte die Frau die Hand auf den Arm ihres Begleiters und zeigte mit dem Kinn zu ihm hinüber.

»Er hört uns zu...«

Der Mann schaute ihn übelgelaunt an. Was dachte er über ihn? In Plougastel, wo er seine Ferien verbrachte, hatten ihn die Leute für einen Spion gehalten, weil er immer allein war. In der Metro wurden die Frauen mißtrauisch, als würde er ihnen gleich ein unanständiges Angebot machen. Er fühlte es. Er fragte sich weshalb. Er schlich sich die Mauern entlang, verschämt, und wenn er das Wort an jemanden richtete, machte er immer den Eindruck, als bitte er dafür um Verzeihung.

Die Brasserie machte zu, und er ging die Boulevards entlang. Die verlassenen Plätze machten ihm mit einem Mal Angst. Er beschleunigte den Schritt und ging hinter irgend jemandem her, nur um nicht allein zu sein, und manchmal drehte sich einer der Verfolgten unruhig oder ärgerlich um. Sogar Stadtpolizisten...

Um ein Uhr morgens saß er in einer kleinen Bar in der Rue Montmartre. Er mußte auch hier wieder gehen, weil zugemacht wurde, aber zum Glück blieb das Café an der Ecke zu den großen Boulevards die ganze Nacht offen.

»Es wäre mir lieber, wenn Sie zu mir kämen...«, brummte er, als sie Seite an Seite die verlassene Straße hinuntergingen.

»Nein, mein Lieber, ich mag das nicht...«

Auch sie war mißtrauisch, und dabei war es ja ihr Beruf, ganz gleich mit wem mitzugehen. Sie hatte Schlimmeres erlebt. In dem Café hatten zwei gesessen. Als er ihnen kurz ein Zeichen machte, hatten sie sich angesehen, dann hatten sie leise miteinander gesprochen, und er hatte verstanden, daß eigentlich die an der Reihe war, die ihn nicht begleiten wollte... Diese hier war blond und dick, mit Wülsten über dem Gürtel und kräftigen Hüften.

»Kommst du aus der Provinz?«

Er ließ sie in dem Glauben, er wollte ihr nicht widersprechen. Als sie in ihrem Zimmer waren und er ihr erklärte, daß er lediglich die Nacht über bei ihr verbringen wollte, wurde sie ärgerlich und überließ ihn einem zweifelhaften Bett und einer Waschschüssel aus Emaille.

Er setzte sich ganz angezogen auf den Bettrand und blieb so sitzen bis zum Morgen, ein wenig beruhigt, denn er hörte das unaufhörliche Gehen und Kommen in den benachbarten Zimmern. Als er hinunterging, sah ihn das Zimmermädchen von der Seite an, und er war einer der ersten, der durch die noch dunklen Straßen von Paris irrte. Hätte ein Friseursalon offen gehabt, er hätte sich rasieren lassen. Sein Bart wuchs sehr schnell. Es heißt, auf dem Gesicht der Toten wächst er noch viel schneller.

»Fahren Sie mich zum Quai de Javel... Ich weiß

die Nummer nicht... Ich sage Ihnen, wo Sie halten sollen...«

Was dachte der Chauffeur wohl von ihm? Was würde er tun und was würde er sagen, wenn er bei der Ankunft seinen Kunden tot im Wagen fand?

Seit zwanzig Jahren war er nicht mehr am Quai de Javel gewesen, aber er war sicher, daß er das Haus bei der Zeitungsauslieferung wiedererkennen würde. Ein kleines Haus, wie in der Provinz, mit einem einzigen Stockwerk und mit geschwärzten Ziegelsteinen. Das war seine erste Bleibe in Paris gewesen. Man hatte ihn bei der Auslieferung angestellt, damit er die Ausgänge notierte. Er hatte bei Madame Van Osten ein Zimmer gefunden, einer Belgierin, die den ganzen Tag Putzeimer herumschleppte.

»Monsieur Charles! ein Brief für Sie...«

»Monsieur Stephan. Zu Tisch...«

Der Korridor war eng und die Zimmer so klein, daß sie alle die Wärme und die Gerüche aus der Küche abbekamen. Madame Van Osten behandelte die Mieter, als wäre es ihre eigene Familie.

»Ich wette, daß Sie diese Woche noch nicht die Socken gewechselt haben. Geben Sie sie mir, ich wasche sie schnell aus...«

Die Erinnerung war ihm nachts gekommen, als er auf dem Bettrand saß, und es war vielleicht die wärmste und angenehmste Erinnerung aus seinem Leben. Jemand hatte sich um seine Socken gekümmert! Jemand hatte ihn angeknurrt, wenn er gar zu sparsam war!

Denn außer den Mittagsmahlzeiten, die Madame Van Osten für alle zubereitete, aßen die Mieter, wie es ihnen gefiel. Jeder hatte seine Blechdose für Vorräte. Man begegnete sich in der Küche. Ein Russe, ein Fabrikarbeiter – er war später Ingenieur geworden – ernährte sich von Camembert und geräucherten Heringen.

»Monsieur Saft, Sie essen nicht genug... Sie werden noch krank, Sie werden sehen!«

Er dachte bereits daran, ein Geschäft aufzuziehen, und er hatte beschlossen, nicht unter zweitausend Francs anzufangen. »Kaufen Sie sich wenigstens ein Ei... Ein junger Mann in Ihrem Alter kann nicht von Brot und Yoghurt...«

Um mit dem Feuer zu sparen, verbrachte er seine Abende in der Küche, und im Winter legte er die Füße an den Herd. Es gab eine Tochter, Elisa, sie hinkte ein wenig, und Monsieur Saft hatte sie eines Nachts gehört, wie sie in das Zimmer des Russen, Monsieur Bogdanowski, ging...

»Wenn ich Ihre Mutter wäre...«

Madame Van Osten zwang ihn, das Hemd zu wechseln, sie machte Flicken in seine Hosen...

»Fahrer, warten Sie, ich glaube...«

Er erkannte den Quai de Javel kaum wieder. Neue Häuser standen dort. Das einstöckige Haus... Aber warum war jetzt eine Bar im Erdgeschoß?

»Warten Sie auf mich...«

Drinnen war Licht, der Tag hatte noch kaum begonnen. Er sah den Rücken einer riesigen Frau, die Gläser spülte, und als sie sich umdrehte, glaubte er sie zu erkennen.

»Mademoiselle Elisa, nicht wahr?«

Sie kramte ihrerseits in ihrem Gedächtnis.

»Was gibt's?«

»Erinnern Sie sich nicht an Monsieur Saft?«

»Ach ja, der polnische Jude... Entschuldigen Sie... Was wollen Sie?«

»Ihre Mutter...«

»Mama ist schon lange tot... Sich so abzuarbeiten wie sie für ihre Mieter...«

»Haben Sie keine Mieter mehr?«

»Warum? Wollen Sie ein Zimmer?«

Sie hantierte noch immer mit ihrem nassen Spüllappen und reihte die Gläser auf dem Schanktisch auf.

Jemand kam mit schweren Schritten die Treppe herunter, die jetzt direkt in die Bar führte.

»Eine Limonade, Elisa...«

Er sah den Neuankömmling mißtrauisch an, bemerkte das Taxi und überlegte, wer...

»Sagen Sie... Sie haben doch sicher ein Zimmer für mich übrig, oder? Ich zahle, was Sie wollen...«

»Die Mansarde ist noch frei. Sie kennen sie ja... Aber ich mache Sie darauf aufmerksam...«

Ein kleines Mädchen im langen weißen Hemd und mit nackten Füßen kam nun ebenfalls die Treppe herunter.

»Willst du wohl deine Pantoffeln anziehen?«

»Aber Mama...«

»Tu, was ich dir sage...«

»Aber sie sind unter dem Bett... Ich kann sie nicht kriegen...«

»Ja, soll ich jetzt vielleicht...«

»Entschuldigen Sie mich einen Augenblick? Ich bezahle das Taxi...«

»Sagen Sie mal, Monsieur Saft, haben Sie nichts zu tun?«

Er saß in seiner Ecke direkt unter der Wendeltreppe, und jedesmal, wenn jemand hinauf- oder hinunterstieg, mußte er wegrücken. Er tat es unaufgefordert und stotterte dabei:

»Tschuldigung...«

»Ich kann Ihnen ja was helfen, wenn Sie wollen...«

»Na schön! Schälen Sie die Kartoffeln, wenn es Ihnen Spaß macht... Wenn ich denke, daß ich extra nicht geheiratet habe, um nicht den ganzen Tag einen Mann um mich rum zu haben...«

Sie hatte drei Kinder.

Die Älteste, sie war sechzehn und sah Monsieur Bogdanowski ähnlich, arbeitete in einem Milchladen. Das war die bösartigste. Sie konnte Monsieur Saft nicht riechen und versteifte sich darauf, kein Wort mit ihm zu reden. Einmal hatte er ihr Schokolade mitgebracht, und sie hatte sie zurückgewiesen:

»Danke schön! Ich nehme keine Geschenke von irgendwem...«

Er saß da von morgens bis abends, und er störte.

»Sagen Sie, Monsieur Saft, würde es Ihnen etwas ausmachen, einen Spaziergang zu machen, damit ich Ihr Zimmer putzen kann?«

Er ging jedoch nicht weit. Er stand auf dem Bordstein und wartete auf den Moment, wo er wieder zurück konnte.

»Wenn Sie Besorgungen zu machen haben, gehn Sie nur... Ich passe auf das Café auf...«

»Können sie auch noch das Ragout überwachen?«

»Warum nicht?«

Seine Füße waren schon immer empfindlich gewesen, und er lief jetzt nur noch in Pantoffeln herum. Noch eine andere Gewohnheit hatte er angenommen, die Elisa widerlich fand. Um keinen Stehkragen anziehen zu müssen, behielt er den ganzen Tag sein Nachthemd mit der kreuzstichbestickten Einfassung an.

»Monsieur Saft, gehen Sie doch mal in den Keller, Wein holen...«

Je mehr man von ihm verlangte, um so zufriedener war er. Er hatte sogar gelernt, Belote zu spielen, weil abends manchmal ein Vierter fehlte. Und er erhob sich, wenn einer der Spieler etwas zu trinken wollte.

Er gewöhnte sich an, morgens die Kohlen aus dem Keller zu holen.

»Wenn ich gewußt hätte, daß Sie derart penetrant sind...«, seufzte Elisa. »Nun ja! Es wird nicht mehr lang dauern...«

»Was wollen Sie damit sagen?«

»Daß ich bald das Geschäft abgebe... Ich hab genug davon, immer die anderen zu bedienen, jeden, der daherkommt...«

»Das tun Sie wirklich?«

»Jawohl. Bei dem, was ihr alle mir einbringt... als Bedienung in einer Brasserie verdien ich mehr.«

Gerade da wurde das Zimmer im ersten Stock zur Straße frei.

»Wenn Sie ein besseres Zimmer haben wollen...«

Jetzt nicht mehr. Er hatte sich schon zu sehr an seine Mansarde gewöhnt.

»Sind Sie noch immer so knickrig? Manchmal frage ich mich, weshalb Sie hierher gekommen sind... Wenn Sie nicht Ihre polizeiliche Anmeldung ausgefüllt hätten, könnte man meinen... Naja! Wie Sie wollen... Es ist ja nur noch für ein paar Monate...«

»Und wenn...«

Aber er würde seinen Satz erst zehn Tage später beenden, an einem Morgen, als sie allein in der Bar waren. Die Stühle standen auf den Tischen.

Er sagte alles, was er zu sagen hatte. Daß er nur noch kurze Zeit zu leben hatte, daß er mehr als zweihunderttausend Francs auf der Bank hatte, daß er niemanden hatte, dem er sein Vermögen hinterlassen konnte, daß...

»Und was hat das alles mit mir zu tun?«

»Nun, wenn ich Sie heiraten würde?«

Sie brach in Gelächter aus und weigerte sich, noch weiter darüber zu reden. Er kehrte in seine

Ecke zurück, und in der Woche darauf war er schweigsamer als je zuvor.

»Übrigens, Monsieur Saft… Was Sie neulich zu mir gesagt haben… geben Sie zu, daß Sie einen Hintergedanken dabei hatten… Sie haben gewußt, daß die Zeitungsauslieferung das Haus braucht, um sich zu vergrößern, nicht? Ich sage Ihnen, wieviel sie mir bieten… Es sind schon zwei Jahre, daß sie um den heißen Brei rumschleichen… Jetzt sind sie bei sechzigtausend… Bei hunderttausend werde ich…«

Eines Morgens bat das sechzehnjährige Mädchen, das im Milchladen arbeitete, um einen freien Tag, um an die Hochzeit ihrer Mutter gehen zu können. Die beiden jüngeren hielt sie an der Hand.

Monsieur Saft war mit dreizehn Jahren in einem Güterzug aus Wilna geflohen, seinem Geburtsort. Mit siebzehn hatte er Warschau verlassen, und am Quai de Javel hatte er in fünf Jahren die nötigen zweitausend Francs gespart, um…

Nun war er wieder am Quai de Javel. Man konnte ihn nicht mehr von dort vertreiben…

»Hallo Chef…«

Niemand hinderte ihn daran, den ganzen Tag in Pantoffeln herumzulaufen und über seiner alten Weste das Nachthemd anzubehalten.

»Hast du die Bierkisten runtergebracht?«

Damals hatte er auf Elisa Lust gehabt, als sie zu Bogdanowski ins Zimmer ging und er das Ohr an die Zwischenwand hielt und zuhörte. Jetzt war sie seine Frau, und sie schliefen zusammen in dem großen Bett der Mutter Van Osten.

Er hatte sich eine kleine Welt für sich gesichert. Ein Stück Quai, den Blick auf einen Abschnitt Seine mit ihren Flußkähnen, seinen Stuhl unter der Wendeltreppe. Elisa scheuchte ihn von morgens bis abends herum.

»Die Kiste Aperitif hast du noch immer nicht aufgemacht! Glaubst du, die Flaschen kommen von selber raus?«

Wenn sie »du« sagte, war es, als hätte sie einen Knödel im Hals, den sie nicht hinunterbrachte.

»Trotzdem frage ich mich...«

Sie beobachtete ihn mißtrauisch.

»Das soll nicht heißen... Aber ob du nicht doch etwas auf dem Gewissen hast?... Sogar die Mieter sind mißtrauisch! Ich habe immer das Gefühl, ich habe eine Dummheit gemacht...«, gab sie zu. »Wenn es nicht wegen der Kinder gewesen wäre... Abgesehen davon, daß die Ärzte sich vielleicht geirrt haben... wenn du überhaupt dort warst. Wie ich dich kenne...«

Die Sonne schien. Es war Juli. Und er lebte immer noch!

»Wenn du darauf bestehst, kann ich ja hingehn und mir ein Attest geben lassen... Ich erinnere mich an ihre Adressen... Es ist nicht meine Schuld, wenn ich...«

Hatte er sich nicht das Recht erkauft auf die Wärme der anderen, auf ihr Leben, das er von morgens bis abends atmete und das...

»Vergiß nicht, daß der dritte Arzt, der in der Rue Coquillière, gemeint hat, es würde ganz plötzlich gehen...«

Er schien sich dafür zu entschuldigen, daß er noch da war, aber es lag etwas wie das Aufflackern eines Triumphes in seinen braunen Augen.

»Am Ende beerdigst du noch uns alle...«

Und er, mit einem bescheidenen Lächeln, und trotzdem etwas ängstlich:

»Du übertreibst!«

Trotzdem starb sie als erste, an Brustkrebs, nach zwei Jahren. Auf dem Heimweg von der Beerdigung ging ihre Tochter vor ihm her. Er fragte sich, ob...

Er überlegte. Es war vielleicht etwas heikel. Aber schließlich hinderte ihn nichts...

Er war mit seinem Gedanken so beschäftigt, daß er, als ihn ein Zeitungsausrufer anstieß, vom Gehsteig auf die Straße trat. Die Trambahn erfaßte ihn. Alles drehte sich. Die Zeitungen, die der Junge geschwenkt hatte, flatterten auf der Straße umher.

»Wer ist es?« fragte jemand, als der Fahrer einen Wagenheber holte, um die Trambahn anzuheben.

Und Monsieur Saft konnte sterbend unter den Rädern noch hören:

»Es ist mein Stiefvater.«

So war er also nicht als jemand gestorben, der... als ein Mann, der...

Der Baron an der Schleuse oder Die Kreuzfahrt der »Potam«

Soeben hatte ein Pferdeschleppkahn flußaufwärts die Schleuse verlassen. Er war keine fünfzig Meter weit gekommen, als das Pferd bereits vom grauen Dunst verschluckt wurde, ebenso wie das junge Mädchen mit dem Regenschirm, das es führte, und auch der Flußkahn wurde verschwommen wie eine verwackelte Photographie. Diesmal lag es aber nicht am Nebel, sondern am Regen. Der Schleusenwärter in dem Kapuzenmantel paßte auf, daß seine Eisenstange nicht in den Schlamm sank, und ging dann zu Maria hinein.

Diesmal hatte er die Ausrede, daß seine Frau Hausputz machte und er zu Hause störte. Er hätte allerdings auch im Schuppen Holz hacken oder sonst irgend etwas im Trockenen tun können.

»Einen Schluck, Maria.«

»Schluck« sagte er für ein Gläschen Schnaps, wie die belgischen Seeleute, die durch den Kanal kamen. Er wärmte sich die Hände. Er schnupperte nach dem guten Teergeruch, den Gewürzen, dem Petroleum und dem geschmuggelten Wacholderschnaps. Er sah Maria an. Sie war immer ruhig und bestimmt und immer so sauber, als hätte sie sich gerade gewaschen. Sie hätte er heiraten sollen, da hätte er wohl jetzt nicht fünf Rangen, neben dem, das unterwegs war.

Maria ließ einen Augenblick lang die Hand mit der Flasche in der Luft. Sie hörte etwas, und er hörte es auch. Er ging zur Tür und wischte den Dunst von der Scheibe.

Und so war er der erste, der die »Potam« bemerkte. Erst war es nur ein weißer Fleck. Unterhalb der Schleuse von Bissancourt – im Kanalabschnitt zwischen Marne und Saône die Schleuse 68 – war der Wasserlauf drei Kilometer lang. Stromaufwärts waren es ebensoviel; 2900, um genau zu sein, wie es die blaue Tafel im Warenanmeldebüro anzeigte. Der Pferdeschleppkahn, ganz umhüllt von Regenschleiern, hatte noch keine zweihundert Meter hinter sich gebracht.

Das kleine weiße Schiff, das sich mit einem entnervenden Insektengeräusch näherte, war offensichtlich eine dieser Yachten, die von Paris zum Mittelmeer fuhren, ohne daran zu denken, daß sie über tausend Schleusenwärter belästigten.

»Auf dein Wohl, Maria ...«

»Auf deins, Paul ...«

Das kleine Schiff war angekommen, aber Paul beeilte sich nicht mit dem Durchschleusen. Er beeilte sich nie, und die Kähne, die regelmäßig vorbeikamen, bedienten die Tore und die Schütze lieber selbst.

»Sieht so aus, als würde er versuchen, anzulegen ... wenn man bedenkt, daß die Leute das zu ihrem Vergnügen machen ...«

Es stand nur ein Mann auf der Kommandobrücke, in einem schwarzen Wachstuchmantel. Er suchte ganz offensichtlich einen geeigneten Platz neben der Uferböschung und machte zwei oder drei ungeschickte Landemanöver. Er suchte mit den Augen jemanden, dem er den Anker zuwerfen konnte, sah niemanden und sprang schließlich ans Ufer, wo er in das nasse und glitschige Gras purzelte.

Maria und der Schleusenwärter sahen ihm immer noch schweigend zu. Der Mann warf vorne und hinten einen Anker aus und legte eine schmale Brücke an. Dann verschwand er für einige Minuten in der Kabine und kam mit einer schmucken Mütze mit einem Abzeichen auf dem Kopf und einem Monokel im Auge wieder heraus.

Schließlich ging er auf Marias Laden zu, wo diese und Paul hinter der trübgrünlichen Scheibe standen wie angewurzelt und aussahen wie zwei stumme Fische in einem Aquarium. Die Glocke schlug an. Er ließ die Tür offen, und es zog.

»Wo ist das Postamt, bitte?«

»Das Postamt von Bissancourt? Im Dorf, an die zweieinhalb Kilometer ...«

Er schien enttäuscht. Wahrscheinlich hatte er erwartet, das Dorf gleich am Ufer zu finden, und nachdem er an den Rand seiner Mütze gefaßt hatte, entfernte er sich zwischen den beiden Baumreihen auf der Straße.

Der Schleusenwärter blieb noch eine kleine Weile bei Maria, dann ging er trotz des Regens zur Yacht, um sie sich aus der Nähe anzusehen. Er beugte sich vor, um einen Blick in die Kajüte zu werfen, und wurde dunkelrot, denn was er sah, war eine fast nackte Frau, die gerade Toilette machte.

»Dossin, mit zwei s...«

»Nichts.«

»Sind Sie sicher?«

»Wenn ich es Ihnen doch sage, daß nichts da ist...«

Er ging zum Ausgang. Aber er kehrte wieder um.

»Und auf den Namen Baron?...«

»Wie, Baron?«

»Ja, gewöhnlich nennt man mich Baron ...«

»Ich habe schon seit mehr als drei Monaten keine telegraphische Anweisung mehr zu sehen gekriegt...«

Wieder war die Silhouette des Barons auf der Straße zu sehen, deren Pflaster glänzte wie ein Spiegel. Sein regennasses Gesicht war rot, das Monokel schien eingefügt wie eine Fensterscheibe.

»Nun?« fragte eine Stimme, als er auf den Kai sprang.

Er stieg hinunter, ohne ein Wort zu sagen. Lola hatte ihren blauen Morgenrock, den sie sonst den ganzen Tag lang nicht auszog, gegen ein marineblaues seidenes Schneiderkostüm eingetauscht.

»Warum hast du dich angezogen?«

»Gehen wir nicht essen?«

»Die Anweisung ist nicht eingetroffen.«

»Sch...!« sagte sie und zog ihre Jacke wieder aus.

»Was machen wir jetzt?«

»Was meinst du denn, was wir machen sollen!«

»Wieviel hast du noch?«

»Sechs Francs, und du?«

Sie durchwühlte ihre Handtasche, die Taschen ihrer Kleider, eine kleine Schachtel, in die sie ihren Kleinkram legte, und fand drei Francs fünfzig.

»Es reicht noch, um John ein Telegramm zu schicken ...«, sagte er.

»Ist es weit?«

»Zweieinhalb Kilometer...«

»Beeil dich... die Post wird zu sein.«

Wenn es nichts zu essen gab, so doch noch etwas zu trinken. Drei volle Flaschen Whisky.

»Vielleicht ist es jetzt da...«

Er kam an drei anderen Schiffen vorbei, die flußaufwärts, und an zwei, die flußabwärts fuhren. Von den Brücken der Kähne aus sahen die Matrosen durch die Luken der Yacht eine junge Frau im blauen Morgenmantel, die mit angezogenen Knien auf einer Schlafbank lag, las und Zigaretten rauchte.

Der Schleusenwärter warf natürlich sogleich einen Blick hinüber.

»Haben Sie sie gesehen?... Gerade eben... Tja!... Hm!... Sie war sozusagen nackt...«

Die Kurbeln fühlten sich kalt an. Alles war kalt, naß, verschmiert, und es tat gut, zu Marie hineinzugehen, um am bullernden Ofen etwas Starkes zu sich zu nehmen.

S.O.S. UNBEDINGT GELD SCHICKEN ÄUSSERST DRINGEND POSTLAGERND BISSANCOURT

»Sollte die Anweisung morgen kommen«, sagte die Postbeamtin, »kann ich sie Ihnen nicht auszahlen. Es ist Sonntag...«

Wenn Châlons-sur-Marne vergessen hatte, das Geld nachzusenden?

»Sind Sie sicher, daß es kein anderes Bissancourt gibt?«

An diesem Abend leerten der Baron und Lola eine ganze Flasche Whisky, sie stritten sich, tauschten Grobheiten aus und schliefen schließlich ein. Am Sonntagmorgen goß es noch immer, und neben ihnen lag ein Kahn verankert.

Der Baron hatte einen verklebten Gaumen und einen stechenden Magen. Er rasierte sich sorgfältig, zog ein Seidenhemd an – er trug nur solche – und eine Krawatte zu seiner blauen Fischgrätenweste. Er sah wirklich großartig aus.

»Wenn sie aber doch gesagt haben, daß sie nichts auszahlen!«

»Wenn die Anweisung eingetroffen ist, mach ich das schon... ich gehe in einen Laden und sage...«

Langsam kannte er die Straße, das häßliche Dorf mit den kleinen plumpen Häusern aus schwärzlichen Ziegelsteinen, die wie ein dickes Tier zusammengekauerte Kirche und die Postbeamtin, die ihm kaum Zeit ließ einzutreten.

»Nichts für Sie...«

»Wann machen Sie zu?«

»Um elf...«

»Eine Minute vor Schluß komm ich nochmal...«

Bäcker, zwei Metzger... Um elf Uhr brauchte er gar nicht erst in die Post hineinzugehen. Die Schalterbeamtin machte ihm durch das Gitterfenster hindurch ein verneinendes Zeichen.

»Wenn nur was übrig wäre, um den Zug zu nehmen«, grübelte Lola, die eine so leuchtende Haut hatte. Sie hatte es nicht über sich gebracht, sich aus dem Staub zu machen.

»Wenn du glaubst, daß von hier ein Zug abgeht...«

»Es macht dir wohl Spaß!«

Es machte ihm gar keinen Spaß, aber er zwang sich dazu, Haltung zu bewahren.

»Morgen ist die Anweisung sicher da... John ist ein prima Kerl... er hat es sicher vergessen, aber wenn er mein Telegramm bekommt...«

»Ich hätte gegen deine Machenschaften mißtrauischer sein sollen... es ist immer dasselbe mit dir. Immer morgen... abwarten... hast du denn nichts zu verkaufen?«

»Du weißt sehr gut, daß ich in Châlons meine Uhr versetzt habe...«

»Und die meine dazu! Du, dir geht es schon noch an den Kragen! Wirklich eine gelungene Kreuzfahrt an die Côte d'Azur...«

Auf dem Heck des Nachbarschiffes war ein Zelt aufgeschlagen. Darin saß ein kleines Mädchen mit verschmiertem Gesicht und aß eine riesige Stulle.

»Du wirst dich wieder betrinken...«

»Wenn es schon nichts zu essen gibt...«

Dabei hatte der Baron dieses Mal nicht geblufft. Vielleicht zum erstenmal in seinem Leben. Für gewöhnlich, ja, da hatte er vielleicht eine gewisse Neigung, seine Wünsche für Wirklichkeit zu halten, oder vielmehr aufgrund bloßer Hoffnungen momentane Wirklichkeiten zu schaffen.

»Ich habe die Kollektion von Madame Oswald fast schon verkauft... morgen muß ich zehntausend Francs bekommen...«

Er bekam die zehntausend Francs nicht. Er war deswegen allerdings um nichts weniger elegant gekleidet, wenn er, mit dem Monokel im Auge, zum Aperitif in eine seiner eleganten Bars ging. Nun, wenn schon keine zehntausend abfielen, dann eben kleinere Brocken. Es ging ja schon jahrelang so, und er war immer noch am Leben!

»Übrigens, Baron, würdest du mir den Gefallen tun...?«

Er tat oft jemandem den Gefallen. Das war gewissermaßen sein Beruf. Man nahm ihn mit nach Deauville oder nach Cannes, man lud ihn zur Jagd oder zum Essen ein. Und da er unweigerlich jedesmal seine Brieftasche vergessen hatte...

Dieses Mal dagegen war es eine sichere Angelegenheit. So hatte er Lola jedenfalls erzählt.

»Willst du zwei, drei Monate auf einer Yacht an der Côte d'Azur verbringen?«

»Im Ernst? Hast du eine Erbschaft gemacht?«

»Beinahe... ich kann zweihunderttausend Francs einstecken... die Yacht habe ich schon. John hat sie mir auf Abzahlung gegeben. Wir fahren ganz gemütlich die Kanäle und Flüsse hinunter, und zum Karneval sind wir in Nizza…«

Was konnte John zugestoßen sein? Denn schließlich hatte der Baron ja sein Geld gut und gern verdient.

»Kennst du jemand, der ganz in der Nähe vom Étoile ein exklusives Hotel kaufen will?«

»Wieviel?«

»Zwei Millionen… zehn Prozent für dich…«

Das war vor einem Jahr gewesen. Von da ab traf der Baron niemanden mehr in einer Bar, ohne ihn zu fragen:

»Sagen Sie… können Sie nicht zufällig ein ganz wunderbares exklusives Hotel brauchen, zwei Schritte vom Étoile?«

Das Wunder war geschehen. Im Coupole, um fünf Uhr morgens, bei Grillwürstchen.

»Wieviel?«

»Zwei Millionen…«

»Ich nehme es…«

Am nächsten Morgen war er sich nicht mehr sicher gewesen, ob es nicht ein Scherz war, aber kurz vor Mittag rief ihn sein Kumpan vom vorigen Tag an. Ein Südamerikaner.

»Übrigens… wann kann man Ihr kleines Haus besichtigen?«

Am übernächsten Tag war im Prinzip alles abgemacht, und John verkündete wie ein großer Herr:

»Die nächste Woche muß er zahlen. Wenn du inzwischen die ›Potam‹ haben willst... ich hab mir eine andere bestellt.«

»Hättest du nicht zuerst auf das Geld warten können?«

»Sicher! Aber es war so verlockend, mitten im Winter loszufahren, der Sonne entgegen!«

»Ich schick dir einen Teil des Geldes unterwegs nach, den Rest lege ich auf deine Bank. Wo machst du Halt?«

Epernay war zu nah. Der Baron hatte Châlons-sur-Marne gewählt. In Châlons lag aber nichts auf der Post. Den ganzen Tag lang liefen Kinder herum, um die Yacht im Regen anzuschauen, mit Spucke nach ihr zu zielen, mehr oder weniger freundliche Bemerkungen zu machen und sie mit Steinen zu bewerfen.

»Fahren wir ein Stück weiter, in ein Dorf... ich werde John benachrichtigen und ein Telegramm aufgeben...«

Er hatte auf der Karte irgendeine Schleuse ausgesucht: Bissancourt.

»Fühlst du dich nicht elend? Siehst du denn wirklich keine Möglichkeit? Für einen, der nur davon gelebt hat, andere Leute anzupumpen...«

»Erst mal übertreibst du... und dann, man kann Leute von derselben Art wie man selber anpumpen, wie du dich so elegant ausdrückst, aber es ist doch peinlich, wenn...«

Bei Maria gegenüber lagen Würstchen in der Auslage, Sardinenbüchsen, eine halbe holländische Käsekugel. Aber kann man mit ein paar Francs in der Tasche einer Frau wie ihr erklären: »Ich habe leider kein Geld, ich zahl es Ihnen morgen...«?

Über dem Marktplatz prasselte der Regen. Da war es besser, in seiner Ecke sitzenzubleiben und abzuwarten. Und der Idiot von Matrose, der sie ab und zu durch die Luke beobachtete, der sagte natürlich zum Schleusenwärter:

»Die da drin treiben es ja wirklich wild!... Was die sich für Flaschen einverleiben!«

»Wo gehst du hin, Lola?«

»Ich weiß nicht... ich krepiere vor Hunger...«

»Wenn du glaubst, daß du draußen weniger Hunger hast...«

Sie zog sich trotzdem an und ging weg, in Richtung auf das Dorf zu. Er versuchte zu schlafen, es gelang ihm aber nicht. Um fünf Uhr war sie immer noch nicht zurück. Er ging zu Maria hinüber und stieß die Tür auf. Zwei Matrosen spielten mit Paul, dem Schleusenwärter, Karten. Seine Stimme klang ein bißchen unnatürlich, als er hinwarf:

»Mistwetter, was?... Spielen Sie Belote?«

»Leider nur zu dritt...«

»Wenn Sie einen Vierten brauchen...«

Er spielte. Er trank Wein. Er erzählte Geschichten.

»Wirtin, sagen Sie, haben Sie vielleicht eine Scheibe Wurst?«

Er aß fünf Scheiben, sechs Scheiben, dabei immerzu Karten spielend, und der Knoblauchgeruch, den er sonst nicht vertragen konnte, störte ihn nicht.

»Hm...!« sagte der Schleusenwärter.

»Was hm?«

»Haben Sie's nicht gemerkt?«

»Was?«

»Maria! Sie haben einen Stein bei ihr im Brett...«

Er sah zu Maria hin, die etwa vierzig Jahre alt war und die ihm in der Tat kurze wohlwollende Blicke zuwarf.

»Ihre Wurst ist herrlich...«

»Wollen Sie noch ein Stück?«

Die Frau eines Matrosen kam herein, um ihren Mann an den Suppentopf zu holen.

Der Baron blieb als letzter übrig. Er durchsuchte seine Taschen und stotterte:

»Na sowas! Nun hab ich meine Brieftasche an Bord gelassen... ich geh sie holen...«

»Sie brauchen sich nicht eigens zu bemühen...«

»Gut, bis morgen... wir schätzen, daß wir ein paar Tage bleiben...«

Er traf Lola, die mit einer kleinen, zufriedenen Miene zurückkam.

»Woher kommst du?«

»Vom Dorf.«

»Was hast du gemacht?«

»Und du?«

»Nichts...«

»Ich auch nicht...«

»Ich wette, du hast was gegessen...«

»Und du?«

Lola hatte die Frechheit besessen, sich im Hotel

Lion-d'Or ein komplettes Menu servieren zu lassen.

»Ich hab gesagt, daß du morgen früh vorbeikommst und zahlst... im übrigen hast du auch was gegessen... du riechst nach Knoblauch.«

»Nichts, Monsieur... aber es ist ja noch früh am Morgen...«

»Natürlich... ich komme wieder.«

Er lief im Dorf umher. Das Hotel Lion-d'Or mied er. Mittags lag noch keine telegraphische Anweisung auf der Post. Als der Baron zur Schleuse kam, stand ein Wagen auf dem Treidelpfad. Lola war eben dabei, ihren Koffer zuzumachen.

»Was machst du?«

Ein dicker Viehhändler, der auf dem Steilufer wohnte, hatte sich gerade überlegt, ob er nicht besser von hier wegginge.

»Er war gestern im Lion-d'Or. Er fährt mit dem Auto nach Paris zurück, und er hat mir einen Platz in seinem Wagen angeboten...«

»Du bist widerlich...«

»Und du tust mir leid. Ich wette, du bist schon wieder essen gegangen, ohne zu sagen...«

»Das ist nicht wahr.«

»Du lügst.«

»Hau ab!«

»Genau das tue ich ja... solltest du mich zurückhaben wollen...«

Der Baron war vollständig betrunken, aber sehr würdevoll, als er die Eingangstür zur Post aufstieß.

»Ein Telegramm für Sie, Monsieur...«
»Wie?«
»Ein einfaches Telegramm...«

UNVORHERGESEHENE SCHWIERIGKEITEN STOP BRAUCHE EINIGE TAGE AUFSCHUB STOP FREUNDSCHAFTLICH

JOHN.

»Entschuldigen Sie, wenn ich störe. Mein Matrose ist auf Urlaub... meine Kusine...«

»Ach! Es ist Ihre Kusine?«

»Meine Kusine mußte nach Paris... ich hab mir gedacht, wenn es Ihnen nichts ausmacht, könnten Sie mich vielleicht verköstigen...«

»Wir sind nicht besonders gut eingedeckt. Was zum Beispiel das Fleisch angeht, der Fleischer kommt nur einmal in der Woche...«

Es war wunderbar. In seinem ganzen Leben hatte er noch nicht so gut gegessen. Eine Büchse Sardinen – eine ließ er prinzipiell übrig. Eine Büchse Langustensalat, mit winzigklein geschnittenen Schalotten. Dann ein Stück Hasenbraten und Bratkartoffeln. Weißer Käse. Ein Apfel und außerdem noch Biskuits, Waffelbiskuits, die ihn an die Zeit erinnerten, als er noch zur Schule ging.

»Es tut mir leid, daß ich Ihnen nicht mehr anbieten kann... wir sind so weit weg von allem! Yachten fahren sonst immer nur durch.«

»Haben Sie Zigaretten?«

»Nur ganz gewöhnliche. Andere kriegen Sie im Tabakladen im Dorf...«

Nie im Leben! Die hätte er ja zahlen müssen!

»Das trifft sich gut. Ich rauche sowieso nur Gauloises...«

Wenn er satt war, verließ er seine Ecke den ganzen Nachmittag nicht mehr. Maria kam und ging. Von Zeit zu Zeit war das Horn eines Schiffes zu hören. Während der Schleusenzeit kamen die Männer etwas trinken, die Frauen machten in aller Eile ihre Einkäufe. Dann kam der Schleusenwärter mit seiner Eisenstange, um seinen Schluck Schnaps zu verlangen. Keiner verspürte das Bedürfnis, sich zu unterhalten, sie schauten alle drei auf die dunstigen Scheiben, der Ofen wurde nachgelegt, einer seufzte, und schließlich sagte einer:

»Tja! So...«

»Mhm...«

»Jetzt regnet's zehn Tage lang. Wenn es mit dem Mond anfängt...«

Morgens und abends ging der Baron zur Post. Er ging nicht hinein. Sie erkannten bereits seine Schritte. Die Schalterbeamtin erschien am Fenster und schüttelte verneinend den Kopf. Der Baron hatte nur eine Angst, nämlich den Besitzer des Lion-d'Or auftauchen zu sehen, wo das Biest von Lola die Frechheit gehabt hatte...

Schon nach vier Tagen sah es so aus, als hätte er zugenommen. Seine Haut war glatt und gespannt. Schon morgens versuchte er zu erraten, was es heute zu essen geben würde. Er schnupperte, wenn er eintrat: »Ich würde sagen, es riecht nach Bohneneintopf...«

»Falsch geraten. Es gibt Hammelschmorfleisch. Mögen Sie Hammel?... Stört Sie eigentlich das Glas nicht, das Sie ständig im Auge haben?«

»Ich bin dran gewöhnt.«

»Ich ziehe glaub ich doch lieber eine Brille an... abends setz ich eine auf zum Zeitunglesen...«

Gegen Ende der Woche wurde ihm angst. War es nicht Zeit, endlich vom Geld zu sprechen?

»Ein Brief für Sie, Herr Baron...«

Die Postbeamtin war ganz glücklich. Langsam hatte sie Sympathie für ihn – oder auch Mitleid.

Mein guter Jo,
Du tätest gut daran zu verduften. Ich habe gestern einen Freund von John getroffen, den Russen, du kennst ihn ja. Er hat mir gesagt, daß es überhaupt nicht geklappt hat. Beim Unterschreiben sind sie dahintergekommen, daß John nicht der einzige Erbe von dem Haus ist, ganz im Gegenteil. Eine ziemlich faule Geschichte. Schließlich hat er es vorgezogen, abzuhauen, nachdem er eine ziemlich hohe Summe aufgetrieben hat. Man spricht von zweihunderttausend. Hm!

Ich hoffe, du hast eine Möglichkeit gefunden, dich durchzubringen. Was den Typ betrifft, der mich im Auto mitgenommen hat, so hat er versprochen, mich einmal in der Woche zu besuchen, wenn er in La Villette zu tun hat. Ich schicke dir alles, was ich flüssig habe. Mächtig viel ist es nicht.

Ich bin dir trotz allem ein bißchen böse. Aber du wirst dich nie ändern.

Bis bald vermutlich. Komm nicht zu mir rauf, ohne mit der Concierge geredet zu haben. Man weiß nie...

Lola

Im Briefumschlag waren hundert Francs.

»Zweihundert auf die Buben...«, frohlockte der Schleusenwärter mit der Eisenstange.

»Schade um meine fünfzig...«, seufzte der Baron.

Einer der Matrosen spuckte auf den Boden. Der andere kratzte sich in seinen wirren roten Haaren und spielte die Pik-Sieben aus.

Maria hinter ihrem Schanktisch befeuchtete von Zeit zu Zeit ihren Stift mit der Zungenspitze und kritzelte einige Zahlen unter eine Rechnung.

»Sie haben kein Pik?«

»Tut mir leid...«, stotterte der Baron.

»Sieben und sieben macht vierzehn und acht macht...«

Maria zählte halblaut vor sich hin.

»Jawohl!« triumphierte der Schleusenwärter, »zweihundert für die Buben, hundert für den Stich, zwanzig für Belote...«

Das machte drei Runden Schnaps. Zweimal hintereinander öffnete und schloß sich die Glastür. Der Tisch stand in einer Ecke am Fenster.

Jetzt flüsterte der Baron mit belegter Stimme:

»Maria...«

Sie fuhr zusammen.

»Herr Baron...«

»Maria... ich muß Ihnen etwas gestehen... ich... ich glaube, ich...«

Es war ernst geworden. In dem Laden mit den verschiedenen Gerüchen war es warm und gemütlich, und selbst der Petroleumgeruch war nicht mehr so lästig. Er würde das Monokel drangeben, denn in dieser Umgebung...

»Ich glaube, Maria, ich werde eine große Entscheidung treffen... Man erwartet mich schon seit acht Tagen an der Côte d'Azur... ich überlege, ob ich...«

Er leerte sein Glas, schenkte sich noch eines ein und leerte auch das.

»Maria, wenn Sie nichts dagegen einzuwenden haben, würde ich...«

Oh ja, er würde seine Ruhe haben! Keine Sorgen mehr beim Aufstehen, keine Angst mehr am Abend.

Keine...

»Herr Baron...«

»Ich weiß, ich setze Sie in Erstaunen... aber ich habe ganz einfache Ansprüche, wissen Sie... im Grunde bin ich dazu geboren...«

Wie oft hatte er in Paris vier bis fünf Cocktails und Chips zu sich genommen? Nun! Jetzt war er eben dazu geboren, täglich drei Mahlzeiten einzunehmen, wie alle Leute.

»Ich bin nicht mehr ganz jung... ich...«

»Was gibt's?« rief sie und sprang auf.

Ein Junge in Holzschuhen hatte die Tür aufgestoßen.

»Für Monsieur Dossin… Sie ist da!«

»Was ist da?«

»Ihre Anweisung…«

Maria begriff nicht.

»Die Postbeamtin hat gesagt, wenn Sie heut abend vorbeikommen wollen, auch wenn schon zu ist…«

SCHICKE 20 000 ABSCHLAG REST AUF DEINER BANK STOP ENTSCHULDIGE VERSPÄTUNG ÄRGER MIT IDIOTEN STOP FREUNDSCHAFTLICH JOHN.

»Sie sagten, Herr Baron, Sie…«

»Was habe ich gesagt? Entschuldigen Sie mich… ich muß ins Dorf…«

Dennoch zögerte er. Er blieb einen Moment auf der Türschwelle stehen. Maria sah ihn sehr traurig an.

Drei Mahlzeiten am Tag, Belote, ehrenwerte kleine Sorgen und die brave Maria…

Was war geschehen? Er ging hinaus. Er war sich dessen bewußt, daß er einen Fehler machte. Er ging zur Post. Die zwanzig großen Scheine…

»Ich wußte es doch…«, sagte er.

Dann suchte er das Schild vom Lion-d'Or und stieß stolz die Tür auf.

»Meine Freundin schreibt mir, daß sie hier eine kleine Rechnung hinterlassen hat… Wenn Sie mir bei der Gelegenheit ein gutes Menü servieren wollen…«

Maria? Die Sardinen und…?

»Sagen Sie... Kennen Sie jemanden, den ich als Matrosen haben kann, um nach Marseille zu kommen? Der meine ist krank...«

Am Tag darauf fragte er Maria ziemlich kühl:

»Was schulde ich Ihnen?«

Er drehte sein Päckchen Scheine zwischen den Fingern, das der Schleusenwärter leicht bestürzt betrachtete.

Als er wieder auf der Kommandobrücke seiner Yacht stand und die Schleusentore geöffnet wurden, warf er jedoch einen Blick zurück auf die Fensterscheiben, hinter denen ein Gesicht erlosch.

Nichts zu machen! So war es eben! Er hätte...

Wenn der Idiot von John nicht auf die Idee gekommen wäre, die zwanzigtausend Franc zu schicken...

Eine Viertelstunde später war alles vorbei. Von Marias Fenstern war nichts mehr zu sehen, nur der trübe Kanal zwischen seinen Fichtenreihen, und ein ungeduldiges Horn war zu hören, das die Öffnung der nächsten Schleuse verlangte.

»Ich frage mich, wieviel davon er gehabt hat!« brummte der Schleusenwärter, der noch immer das Bündel Scheine vor sich sah.

Der Neger ist eingeschlafen

Stellen Sie sich vor, Maria, ich habe schon wieder mal das Schiffchen von meiner Nähmaschine zerbrochen... Wenn Jef wüßte, daß ich Sie deswegen störe...«

Das war es, was sie sagen mußte. Mindestens hundert Meter lang hat sie den Satz in Gedanken wiederholt.

Statt dessen sieht sie, als sie auf der Barza* ankommt, die kleine Negerin, die sich um das Baby von Maria kümmert, wie sie das Kind zu beruhigen versucht, indem sie ihm einen Eibischstengel in den Mund stopft. Mit dem nächsten Herzschlag schreit sie schon. Sie schreit um so lauter, als sie den Eingeborenendialekt benutzt, der ihr noch nicht sehr geläufig ist.

Während sie schreit, sieht sie durchs Fenster Maria auf einem Diwan liegen und aufwachen. Ihre Haare sind aufgelöst – Maria hat braune Haare, die immer sehr leicht in Unordnung geraten –, ihr Gesicht glänzt.

Anstatt herauszukommen und mit ihr zu sprechen, steht Maria überstürzt auf, tastet auf dem Boden mit ihren nackten Füßen nach ihren Pantoffeln,

* Eine Art Veranda um die Kolonialhäuser im Belgisch-Kongo.

schlägt ihren himmelblauen Morgenmantel über der Brust zusammen und stürzt in ihr Zimmer.

Schon wieder hätte Jef Gelegenheit, zu seiner Frau zu sagen:

»Immer mußt du die Leute stören, nur um eine Stecknadel auszuleihen!«

Und dabei hat Jeanne bis vier Uhr gewartet, und um vier Uhr ist die Siesta zu Ende.

»Kann ich reinkommen, Maria?«

Ein Geräusch, als würde Maria schnell eine Schublade zumachen, um etwas zu verstecken.

»Stellen Sie sich vor, ich hab das Schiffchen von meiner Maschine zerbrochen... Entschuldigen Sie, daß ich Sie aufgeweckt habe... Ich hab gesehen, wie das Mädchen dem Baby einen schmutzigen Eibischstengel in den Mund tat, und da...«

Maria pudert sich vor ihrem Spiegel. Ihr Mund ist trocken vom zu langen Schlafen.

»Es bekommt Zähne«, erwidert sie.

»Aber das Mädchen hat den Stengel zwischen den Fingern zerrieben...«

Sie hätte sich besser hingesetzt. Es ist zu heiß, um sich aufzuregen. Schon seit acht Tagen ist die Sonne erloschen, aber ihre Glut ist überall, im Himmel, der so schwer ist wie schlechtes Daunen, im gelblichen Grün der Buschlandschaft, in den Steinen, in den Ziegeln des Bungalows, und unsichtbare Nadeln knistern in den Pupillen. Es müßte sich wirklich irgendwann mal entladen. Die Regenzeit hat sich verspätet. Vielleicht heute nacht, vielleicht morgen?...

Maria geht mit schleppenden Schritten, ohne sich anzuziehen, in die Küche und entzündet einen Kocher, um das Fläschchen für das Baby warm zu machen, dann kommt sie in den Salon zurück.

Es ist verhältnismäßig still. Sie ist schlechter Laune, das kann man sehen. Jeanne Penning, blond und mager, leidet weniger unter der Hitze als sie, und sie muß kein Kind versorgen. Diese Idee, die Leute zu stören wegen...

Das Baby auf der Barza fängt wieder an zu weinen. Maria gurgelt mit einem Glas frischem Wasser. Sie macht keine Einwendung.

»Vertrauen Sie dem Mädchen? Mir scheint...«

»Scheint was...?«

»Ich weiß nicht... vielleicht irre ich mich... wenn ich mir vorstelle, ich hätte ein Kind, und eine ungewaschene kleine Negerin...«

Sie hat nicht das Recht, das weiß sie. Sie würde besser still sein oder gleich weggehen. Aber das Balg, das schrie, und die sanfte Maria, die sich den Mund spülte...

»Wollen Sie vielleicht andeuten, daß ich eine schlechte Mutter bin?«

»Aber nein, Maria... nur...«

»Haben Sie denn schon Kinder aufgezogen?«

Es entlädt sich, wie der Sturm, der seit so vielen Tagen fällig ist und sich nicht entschließen kann. Auch zwischen Maria und Jeanne brütet es seit langem. Seit Monaten.

Fast jeden Abend, wenn sie vom Bridge heimkommen, sagt Jeanne zu Jef etwas in der Art wie:

»Ich verstehe nicht, wie man ein Kind so vernachläßigen kann...«

Und Jef sagt versöhnlich, ein wenig in Furcht:

»Kümmere dich doch gar nicht darum... Victor ist immerhin mein Chef...«

Das geht auf eine Zeit zurück, bevor sie in den Kongo kamen. Es begann in ihrer kleinen Stadt in Belgien. Das Haus von Marias Eltern war aus Blockstein, während Jeannes Haus aus Ziegeln gebaut war und in einem Armenviertel lag.

»Ich will dir mal was sagen, Jeanne: Ich finde, wenn man selbst keine Kinder hat, mischt man sich nicht in die Angelegenheiten von andern Leuten und erteilt ihnen Lektionen. Und schon gar nicht, wenn sie einen nicht gerufen haben...«

»Danke, ich werde dran denken...«

»Daran wirst du gut tun...«

»Ich habe immer das Gefühl gehabt, wir sind überflüssig, Jef und ich...«

Das Kind schreit mit aller Kraft. Und das Fläschchen in dem Topf voll kochendem Wasser ist zum Zerspringen heiß.

Der Salon ist genauso, wie er in Namur, Lüttich oder Brüssel wäre, obwohl sie mitten im Busch wohnen. Ein Klavier steht darin mit Photographien darauf und ein Divan mit Kissen in vielen verschiedenen Farben. Eins der Sofakissen ist gelb wie die Sonne; darauf ist eine große Katze aus schwarzem Samt.

Zweihundert Meter weiter, jenseits dessen, was man den Park nennt, steht ein anderer, ganz ähnlicher Bungalow, nur daß im Salon eine Nähmaschine steht statt eines Klaviers, und es gibt einen Phonographen, der mit dem letzten Schiff angekommen ist.

Links davon sind die Verwaltungsbüros, in denen sich die Männer gerade gegenübersitzen. Ein schwarzer Ordonnanzoffizier steht vor der Tür.

Sie wissen nichts von alledem. Sie tragen weiße Tuchkleidung, schwitzen, schreiben, rechnen und rauchen Zigaretten, und manchmal wischen sie sich die Hände und Handgelenke ab, weil der Schweiß Flecke auf das Papier macht.

Um neuen Weißwein zu bekommen, muß man nach Faradge, und das liegt genau hundert Kilometer weit entfernt.

Van Overbeek hebt schließlich den Kopf und stellt fest, daß es drei Minuten vor sechs ist. Er schließt die Akten, steckt sich eine neue Zigarette an, schaut zum Himmel, der sich immer noch nicht entladen will, setzt seinen Tropenhelm auf und brummt sein:

»Bis heut abend zum Bridge...«

Jef Penning antwortet:

»Bis heut abend...«

Jeder geht seiner Wege. Ohne Übergang bricht die Nacht herein. Nur noch das Licht in den beiden Bungalows ist zu sehen.

Van Overbeek geht nach Hause. Seine Frau steht kerzengerade hinter der Tür, ihre Lippen zittern noch, unter ihrer Nase liegen Schweißperlen, und sie teilt ihm mit:

»Ich habe die Zanknudel von Jeanne hinausgeworfen... sollte sie jemals wieder den Fuß hier hereinsetzen, können sie und ihr Grünschnabel von Mann, der sich hinter deinem Rücken über dich lustig macht...«

Sie hat heute abend nicht Klavier gespielt. Er hat versucht zu lesen, ohne daß es ihm gelungen wäre. Schließlich sind sie um neun Uhr schlafen gegangen.

Stundenlang haben sie sich im Bett herumgedreht, beim geringsten Kontakt haben sie sich ereifert.

»Nun rutsch doch weg! Du bist ja ganz naß...«

Am nächsten Morgen fühlt sich Van Overbeek wie ausgehöhlt, und es regnet immer noch nicht. Im Büro schaut er seinen Hilfsverwalter an, mit trübem und zögerndem Blick.

»Hm, sagen Sie mal, Penning...«

»Es ist ärgerlich, nicht?«

Das ist alles. Sie arbeiten. Mittags gehen sie essen. Dabei achten sie darauf, sich draußen nicht die Hand zu drücken, denn man könnte sie von den Fenstern aus sehen.

»Was hat er gesagt?«

»Nichts...«

»Er ist ein Mann, der zu seiner Frau hält. Sein Vater war Schuhflicker in einem Kramladen.«

Auch er denkt beim Hin- und Hergehen wiederholt an das, was er sagen möchte. Aber leider sagt er es nicht.

»Hör zu, Maria... Jeanne Penning wollte nichts Unrechtes sagen... sicher ist eine kleine Negerin als Aufsicht für ein Kind...«

Wozu? Es wäre nur noch schlimmer! Und außerdem fühlt er, daß sie unglücklich ist.

»Ich frage mich, was sie nun abends tun werden...« sagt er lediglich mit einem Seufzer.

Sie antwortet mit unversöhnlicher Logik:

»Dasselbe wie wir!«

Dasselbe wie gestern! Sie trödeln ein bißchen herum nach dem Essen, wühlen in den Zeitungen, die in ganz zerfledderten Stößen nur einmal im Monat ankommen.

Ab und zu ein Satz, dann wieder langes Schweigen.

»Kannst du ihn nicht dazu bringen, einen Stellenwechsel zu verlangen?«

»Das tut er wahrscheinlich von selber... wo gehst du hin?«

»Schlafen...«

Wenn es nur regnen würde. Zum dritten Mal in drei Jahren ist es soweit, und zum ersten Mal läßt die Regenzeit so endlos lange auf sich warten. Es gibt Augenblicke, da ist man nahe daran, wenn man allein ist, loszuschreien, um sich Erleichterung zu verschaffen.

»Hör zu, Maria... heut abend muß ich nochmal ins Büro... der Inspektor kommt in ein paar Tagen vorbei, und ich hab noch eine Menge zu tun...«

»Jef auch?«

»Sicher...«

Er sieht, wie sie die Augenbrauen runzelt. Sie ist eifersüchtig, er fühlt es. Nicht auf Jef natürlich. Aber ihr Mann verbringt den Abend mit jemandem, er hat eine Beschäftigung.

Vielleicht ist es das, was ihn auf eine Idee bringt. Noch unbestimmt, noch zaghaft. Er arbeitet mit Jef zusammen unter der Lampe.

»Sagen Sie, Penning...«

Er ist böse auf sich, daß er gesprochen hat.

»Was?«

»Wir könnten zu dritt Bridge spielen, nicht?«

»Wir könnten schon...«

An diesem Tag macht er keine Anspielung mehr darauf. Aber schon vermeiden sie es, sich in die Augen zu sehen, wie Schuldige.

Erst drei Tage später sagt Jef leise:

»Einmal, an Bord der ›Leopoldville‹, haben wir zu dritt Bridge gespielt... es ist weniger wissenschaftlich, aber...«

An diesem Abend kommt zufällig Jeanne Penning vorbei, um ihren Mann abzuholen, schüchtern, denn sie weiß noch nicht, wie Van Overbeek sie empfangen wird.

»Übrigens, Jeanne... ich habe zu Jef gesagt... wenn wir mal zu dritt Bridge spielen wollten... Nur wäre es dann besser, nicht durchs Büro hereinzukommen, sondern auf einem Umweg von hinten herein...«

Seine Kühnheit bringt ihn in Schweiß, und seine Hände zittern. Zu Hause fühlt er sich derart schuldig, daß Maria leise sagt:

»Ich wette, du hast mit Jeanne gesprochen...«

»Ich schwör dir...«

»Wenn ich nur sicher wäre, weißt du... eine Frau, die gesagt hat, was sie zu mir gesagt hat...«

»Zwei Pik...«

»Drei Treff...«

»Drei Sans Atout...«

Ununterbrochen wirft er einen ängstlichen Blick auf das Klappfenster. Es ist bereits das achte Mal – nein, das neunte Mal –, daß sie sich so zu dritt treffen. Der Vorwand der abendlichen Arbeit im Büro ist nicht schlecht, vor allem, da der Inspektor noch immer nicht dagewesen ist. Nachher muß er etwas anderes erfinden.

Nach dem Essen – und immer, bevor das Essen noch zu Ende ist, wird er von Fieber gepackt – seufzt Van Overbeek, er stöhnt, spricht von Müdigkeit, während Maria nichts sagt.

»Nun! Arbeit ist Arbeit...«

Er küßt sie auf die Stirn, verschwindet in der Nacht und geht ins Büro, wo ihn Jonas, der Neger, erwartet. Er nennt ihn so, weil er angeblich einem Walfisch ähnlich sieht.

»Du hast verstanden, ja? Wenn Madame kommt...«

Der Neger beteuert, daß er verstanden hat. Jef tritt durch die große Tür. Sie gehen zusammen ins Magazin, wo Jeanne alsbald zu ihnen stößt, nachdem sie so klug war und einen weiten Umweg gemacht hat.

»An die Arbeit!«

Das Magazin ist mit dem Büro durch ein Klappfenster verbunden. Gewehre stehen darin, Salzkisten, Werkzeuge, Vorräte, Fahnen, und sogar venezianische Lampen für die Nationalfeier.

Sie setzen sich um eine Kiste. Ohne eigentlich zu wissen warum, haben sie die Gewohnheit angenommen, aus kleinen Gläsern Wacholderschnaps zu trinken.

»Drei Sans Atout, haben Sie gesagt? Ich biete Kontra...«

Natürlich bleiben die Lichter im Büro angezündet. Von weitem könnte man annehmen, die beiden Männer seien wie wild in ihre Arbeit vertieft. Jonas sitzt auf Van Overbeeks Platz und grübelt.

»Trumpf...«

Die Hemden kleben an der Haut. Sie haben sich auch angewöhnt, die Westen abzulegen, was in Marias Salon niemand wagen würde. Jeanne raucht. Sie hat eine lange Zigarettenspitze aus Jade, die sie mit ihren kleinen spitzen Zähnen festhält. Es kommt vor, daß sie sich verspricht, wenn sie mit Van Overbeek redet:

»Du bist dran, Victor...«

Aber sie verbessert sich schnell. Es geschieht unabsichtlich, einfach so, weil sie hier unter Kameraden sind, während bei Maria...

»Ich passe und biete Treff...«

An diese Worte wird sich Van Overbeek erinnern. Er wird sein Leben lang hören, wie Jef sie ausspricht. Er wiederholt:

»Ich biete Treff... He!«

Ein Gefühl, das er bisher nur in Alpträumen gehabt hat. Es ist wie Feuer in ihm, und gleichzeitig ist er wie zu Eis erstarrt. Das Blut zieht sich aus allen Adern zurück, und sein Herz zieht sich zusammen wie ein Schwamm, den man mit beiden Händen zusammendrückt. Dennoch hat er die Geistesgegenwart, eine Karte aus seinem Spiel zu nehmen und sie auf die Kiste fallen zu lassen, die ihnen als Tisch dient.

Hinter dem Klappfenster hat er ein Gesicht bemerkt, und das war Marias Gesicht. Nie in seinem Leben hat er sie so gesehen. Kälter, unversöhnlicher als ein Steinblock. Zwei Augen, in denen der Haß steht.

»Kein Treff?«

»Entschuldigung...«

»Was haben Sie, Victor?«

»Ich weiß nicht... ich fühle mich...«

Er hält es nicht länger aus. Er wirft die Karten hin. Er springt nach nebenan und rüttelt Jonas wach, der mit dem Kopf auf dem Schreibtisch eingeschlafen ist. Jonas schaut ihn bestürzt an. Es ist niemand sonst im Zimmer.

Ohne seinen Tropenhelm zu nehmen, stürzt Van Overbeek nach draußen. Er merkt nicht einmal, daß es endlich regnet, daß seine Schultern naß sind und sein blondes Haar trieft. Er rennt geradenwegs auf seinen erleuchteten Bungalow zu.

Mit einem Fußtritt öffnet er die Tür.

»Maria!«

Ungewöhnlicherweise brennt in allen Zimmern Licht. Das Kind weint. Maria häuft mit fiebrigen Händen Sachen in einen eisenbeschlagenen Koffer.

»Was machst du?«

Sie antwortet nicht. So wie er sie kennt, würde sie nicht um ein Königreich etwas sagen.

»Maria! Ich bitte dich, sag mir, was...«

Nur ein Blick. Aber was für ein Blick! Sie hantiert mit fliegender Eile. Kleider, Hemden, Schuhe, alles durcheinander, dann in einen zweiten Koffer die Windeln für das Kind, seine Fläschchen, die Schnuller, die Glyzerindöschen, der Silberlöffel... oh, da ist das Taufgeschenk von Jeanne Penning...

»Hör zu, Maria...«

Sie stößt ihn aus dem Weg.

»Du hast hoffentlich nicht den Verstand verloren? Wohin willst du denn? Es gibt kein Haus im Umkreis von hundert Kilometern...«

Er preßt die Zähne zusammen, er tritt von einem Fuß auf den anderen, er sucht um sich herum nach irgendeinem Gegenstand, den er zerschlagen könnte. Es ist seltsam, aber er sieht sich selbst, sich selbst, winzig klein, er zappelt in einer Woge von Sinnlosigkeit, die ihn überschwemmt, in einer Woge von Unfaßbarkeit, das Schicksal erscheint ihm wie eine ungeheure Wolke, die...

»Zum Donnerwetter nochmal, du wirst dich doch nicht ganz allein mit dem Kind auf den Weg machen... was hab ich dir getan? Willst du mir nicht sagen, was ich dir getan habe? Ich habe Bridge gespielt! Jawohl, und nun das, wegen einem armseligen, einem unschuldigen kleinen Bridge...«

Er ist nicht betrunken, und doch ist ihm zum Weinen, als wäre er betrunken, es ist ihm zum Weinen wegen des armseligen kleinen Bridge, das... das...

»Also, wenn ich dich wenigstens betrogen hätte...«

Noch ein Blick, noch härter als der erste.

»Ist es mein Fehler, wenn du dich mit niemandem verträgst?... Wir haben im Büro Bridge gespielt, ja, das ist wahr...«

Da! Endlich öffnet sie den Mund. Um mit einer Stimme, die er an ihr gar nicht kennt, zu wiederholen:

»Ja, *ein armseliges kleines Bridge...«*

»Hör, Maria, ich werde dich hindern...«

»Aus dem Weg...«

»Maria, ich will dir doch nur sagen...«

Wo ist Céline, die kleine Negerin? Wahrscheinlich kauert sie, am ganzen Leib zitternd, unter dem Küchentisch. Daß sie der wahre Grund sein soll, mit ihrem Stengel Eibischwurzel...

»Maria!«

»Laß mich vorbei...«

Sie hat das Kind in die Arme genommen und in eine Decke gehüllt.

»Aber bist du denn verrückt geworden? Maria! Also entweder bist du verrückt, oder ich bin verrückt... du gehst nicht...«

Das Universum erscheint ihm riesiger denn je, und es ist leer, vollkommen leer, nur sie beide sind darin und wüten gegeneinander, lehnen sich gegeneinander auf, in einem wahren Delirium.

»Maria! Wenn du durch diese Tür gehst...«

Womit konnte er ihr drohen?

»Wenn du durch diese Tür gehst...«

Er stürzt zum Nachttisch – im Schlafzimmer, das sie ihrem Vorgänger für dreitausendzweihundert Francs abgekauft haben... Aus der Schublade holt er seinen Revolver, den er noch nie benutzt hat.

»Ich habe dich gewarnt... wenn du gehst, findest du mich nicht mehr lebend wieder... hör mir zu, Maria...«

Sie hat ihn noch einmal angesehen, zum dritten Mal, und nun ist es ein Blick voller Verachtung, ein Blick, der unzweideutig sagen will: »Du traust dich ja doch nicht! Dazu bist du viel zu feige! Du hängst doch viel zu sehr an deinem bißchen...«

»Du gehst trotzdem?«

Es ist furchtbar. Es ist furchtbar, in einem solchen Zustand so plötzlich eine Entscheidung treffen zu müssen. Und das Furchtbarste ist vielleicht, daß er seine Klarheit behält, daß er sogar eine Art Kaltblütigkeit bewahrt. Wenn er in die Luft schösse, würde sie ihn endgültig verachten. Wenn er auf sie schösse... nun, das hieße seine Stellung verlieren, den Gewinn von drei Jahresabrechnungen, und sich Gott weiß was auf den Hals laden...

Das Wasser rauscht auf die Dachziegel, es fließt über die Barza wie ein Vorhang.

»Zum letztenmal, Maria...«

Sie hat ihm den Rücken zugekehrt. Sie geht auf

die Freitreppe zu. Jetzt. Er überlegt, wohin. In die Armwölbung. Daß er nur ja nicht den Knochen trifft. Er schießt.

Zum Unglück fällt er nicht. Er hat immer gedacht, ein Verwundeter fällt, aber er bleibt stehen, hellwach, verlegen. Seine Frau ist zurückgekommen. Sie schreit:

»Céline...«

Der Kleine ist ihr im Weg. Der Tisch ist vollgestellt, und so legt sie ihn auf den Boden, gerade als Van Overbeek beschließt, sich auf dem Diwan niederzulassen.

»Das ist ja schrecklich...« murmelt sie mit Tränen in der Stimme. »Victor!... Victor!... Wo bist du verletzt? Antworte mir...«

Er hat die Augen geschlossen, aber er ist nicht ohnmächtig.

»Céline! Céline!...«

Die Boys schlafen nicht im Haus. Das Kind fängt wieder an zu schreien. Man kann es nicht auf dem Boden liegen lassen. Dennoch...

Sie richtet sich wieder auf und wischt sich über die Stirn. Ganz plötzlich stürzt sie mit zusammengezogenen Brauen nach draußen. Sie läuft nur hundert Meter, dann schreit sie aus vollen Kräften:

»Jef!... Jeanne!... Jef!... Hilfe!...«

Durch den Regenvorhang sieht sie, wie sich ein Fenster öffnet, und eine Stimme antwortet:

»Was ist los?«

»Zu Hilfe! Victor... kommen Sie schnell...«

Victor hat sich währenddessen aufgerichtet, um

nach seinem Arm zu sehen. Und bevor er noch etwas sieht, als er seine rechte Hand auf den Ärmel legt und eine klebrige Masse fühlt, wird er ohnmächtig.

Was sollen sie sagen? Es gab einiges zu tun, es war nicht die Zeit, sich über die Situation klarzuwerden. Es riecht nach Wacholderschnaps. Sie haben einen Krug geöffnet, um Van Overbeek aus der Ohnmacht zu holen, und dann haben alle etwas getrunken.

Jeanne legt den Verband an, sie hat eine Sicherheitsnadel zwischen den Lippen. Der Kocher brennt, sie brauchen heißes Wasser, um die Wunde auszuwaschen. Alles liegt durcheinander; man tritt auf Gegenstände, auf Kleider, als wäre man von einem Taifun, einer Überschwemmung oder einem Brand überrascht worden.

Jetzt sitzt Victor im Sessel. Die anderen stehen herum. Das Schwierigste bleibt noch. Irgend etwas muß gesagt werden. Dann muß man sich Gute Nacht wünschen und auseinandergehen.

Maria fällt etwas ein. Sie läuft zur Abstellkammer und sagt:

»Ich leihe Ihnen einen Schirm...«

»Nicht nötig... der Regen ist erfrischend...«

»Nun sind Sie wegen einer solchen Kleinigkeit belästigt worden...«, seufzt Victor.

Jeanne Penning sagt in ihrer unbesonnenen Art:

»Wir waren ja gerade am Heimgehen...«

Es ist schrecklich! Maria wirft ihr auch gleich einen kurzen Blick zu, wie nur sie ihn werfen kann. Mein Gott! Das Magazin, wo sie alle drei um eine Kiste saßen und Bridge spielten, während im Büro der Neger schnarchte... Jef hatte seiner Frau auf den Fuß getreten, aber zu spät. Maria hält ihnen den Schirm hin.

»Ich vergaß, Sie gehen ja abends aus...«

Ein Nichts hatte gefehlt. Nun stehen sie da alle vier, betreten, mit leerem Kopf wie am Morgen nach einer Orgie. Wenn Jeanne Penning nicht...

»Gute Nacht und gute Besserung...«

»Gute Nacht...«

Die beiden Männer wagen es nicht, sich die Hand zu geben. Kaum sind sie draußen, da knurrt Jef:

»Konntest du nicht den Mund halten...?«

Maria sagt nur:

»Geh schlafen.«

Monsieur,
ich werde dem Büro noch zwei Tage fernbleiben. Ich bitte Sie, inzwischen das Nötige zu veranlassen, um die laufenden Geschäfte abzuwickeln, als da sind...

»Du gehst nicht hin, um dich zu erkundigen?« fragt Jeanne ihren Mann.

»Ich war dort. Man hat mir durch den Boy ausrichten lassen, daß es sich nicht verschlimmert hat...«

Am vierten Tag kam Van Overbeek wieder ins

Büro, ein wenig steif, den Arm in der Schlinge, mit blauen Ringen unter den Augen. Jef wartete zögernd. Er erhielt ein kaltes:

»Guten Tag, Monsieur Penning… bringen Sie mir bitte die laufenden Akten…«

Das war alles. Schweigen. Würde. Von Zeit zu Zeit erhob er sich und steckte den Kopf in einen Schrank, zu dem nur er den Schlüssel hatte. Anschließend schwebte leichter Schnapsgeruch im Zimmer.

So machte er es zehnmal, fünfzehnmal am Tag, und abends, wenn er auf seinen Bungalow zuging, ging er steifer als am Morgen.

»Gute Nacht, Monsieur Penning.«

»Gute Nacht, Herr Verwalter…«

So ging es noch zwei Jahre. Die Pennings wurden als erste entlassen, sie bekamen eine andere Stelle. So verloren sie sich schließlich aus den Augen.

Van Overbeek jedoch hatte jeden Abend denselben steifen Gang, und er führte immer mehr Selbstgespräche. Es kam sogar vor, daß er irgendeinen Pfahl für einen Neger hielt und ihn anschnauzte!

Valérie geht fort

Sie hatte in Strümpfen geschlafen. Es würde noch kälter werden als am Tag zuvor, sie fühlte es an ihren Frostbeulen. Valérie zündete die Petroleumlampe an. Sie war im Rock, die Haare hingen ihr den Rücken hinunter. Es war sechs Uhr morgens. Valérie schlief in der Küche. Diese war vom Kolonialwarenladen durch eine Glastür getrennt, auf der eine Papierfolie die Glasscheibe nachahmte, und das Papier war an zwei Stellen aufgekratzt, damit man in den Laden sehen konnte.

Bald würde es Weihnachten sein, dann der erste Tag des neuen Jahres, die Fastenzeit, die Osterwoche... Valérie lebte nur nach dem Kalender. Na! Das Feuer ging nicht an... Sie holte ein Petroleumkännchen aus dem Laden und goß einen langen Strahl Flüssigkeit in den Ofen. Ihre Mutter hatte immer zu ihr gesagt... aber sie war auch immer vorsichtig und hielt ihre Röcke so weit weg wie möglich. Es machte »puf«, und schon war das ganze Haus durchdrungen von dem so typischen Geruch nach frisch entzündetem Feuer.

Auf den Fensterscheiben lag Rauhreif. Der Mond schien, und man hätte meinen können, der Morgen dämmere bereits. Man konnte alles ganz genau erkennen, bis zu den feinen, wie mit der Feder in den Himmel gezeichneten Verästelungen der Bäume. Die schwarze Erde im Garten knisterte, die Blätter der Kohlköpfe waren gefroren. Ab und zu rührten sich die Hühner in ihrem Stall, aber sie kamen noch nicht heraus.

Nur Valérie verließ zu so früher Stunde am Sonntag das Haus, um zur Frühmesse zu gehen, wenn sie das Kaffeewasser aufgestellt hatte. Sie kam und ging geräuschlos, wegen der Mutter, die hinter der Türe schlief. Ihr schwarzes Kleid, der schwarze Mantel, der dünne Schal aus Marderfell – jemand hatte ihn einmal mit einem Rattenschwanz verglichen – lagen seit dem vorigen Abend auf einem Stuhl bereit.

Sie drehte den Docht der Lampe herunter, die dann von alleine ausgehen würde. Über dem Ofen, von dem eine lebhafte Wärme ausging, tanzten rote Aschenfunken. Im Laden merkte sie, daß ihr Schuhband aufgegangen war, und sie setzte sich auf den Schemel. Sie setzte sich auf etwas Rundes und stand wieder auf, um nachzusehen. Es war schon wieder der scheußliche Puppenkopf.

Unmöglich, Ninie, die Kleine von nebenan, daran zu hindern, daß sie zum Spielen in den Laden kam und den abgetrennten Puppenkopf ohne Schädeldecke und Augen herumliegen ließ...

Valérie warf ihn wütend zu Boden. In diesem Augenblick begannen ihre Frostbeulen in den drückenden Schuhen schrecklich zu schmerzen, und wenn sie an die zwei Kilometer dachte...

Der Puppenkopf rollte über den zementierten Fußboden und blieb an der Küchentür liegen. Es gab keinen Zweifel darüber. Valérie hatte ihm nachgesehen, während sie ihr Schuhband wieder zuknüpfte. Dann hatte sie ihre Tasche genommen, ihr mit schwarzem Filz eingebundenes Meßbuch, ihre Strickhandschuhe, und war hinausgegangen. Zuletzt hatte sie die Tür abgesperrt. Der Nachbarhund zog an seiner Kette und legte sich dann flach auf die Erde; er betrachtete sie schnaubend unter dem Gartentor hindurch.

Die Welt war durch ein riesiges weißes Kreuz wie abgeriegelt – zwei bleifarbene Straßen kreuzten sich im rechten Winkel. Daher kam der Name des Ortes: Quatre-Bras. Wie durch Zufall gab es auch nur vier Häuser. Auf dem Haus an der Ecke, die den einen Winkel bildete, stand mit schwarzen Buchstaben auf grauem Grund: *Conche-Maupré Kleinhandel.*

Ganz am Ende der vier Straßenarme das Dorf Foussage mit seinem schmalen Kirchturm und seinen Dächern.

Auf der Straße war nur Valérie, ganz klein und ganz schwarz. Die Füße taten ihr immer mehr weh, sie bekam eine rote Nase, feuchte Augen, und in den Strickhandschuhen erfroren ihr die Finger. Sie ging schnell. Die Felder waren nackt und kahl. Sie war kaum mehr als fünfhundert Meter von ihrem Marktflecken entfernt, als sie die Glocken zur Frühmesse läuten hörte.

An anderen schwarzgekleideten Frauen vorbei ging sie zu ihrer Bank und setzte sich hin. Kerzen brannten. Der Pfarrer murmelte ein Gebet, und auch Valéries Lippen bewegten sich. Als sie mit gefalteten Händen und gesenktem Kopf von der Kommunion zu ihrem Platz zurückging, gerade darauf zu, obwohl ihre Augenlider fast geschlossen waren, betete sie wie jeden Sonntag:

»Lieber Gott, gib meiner Mutter Kraft und mache, daß sie wieder gehen kann... Mach auch, lieber Gott, daß ich eines Tages Schneiderin in der Stadt bin... Mach, daß uns nichts Böses zustößt und daß...«

Als sie beim Metzger vorbeikam, der gerade sein rot gestrichenes Gitter aufgemacht hatte, kaufte sie das Fleisch ein. Der Mond war verschwunden, aber keine Sonne war aufgegangen, und das Licht war so trübe wie vorher, als Valérie weggegangen war. Sie ging schnell.

»Mach, daß meine Frostbeulen nicht eitern wie letzten Winter...«

Sie war zwar nicht mehr in der Kirche, aber noch war Zeit, ihrem Gebet einen Satz hinzuzufügen.

»Mach, daß meine armen Füße...«

Jeder hat sein Kreuz. Die Nachbarin, die Mutter von Ninie, hatte ein Bauchleiden. Bei der Wäscherin war es der Rücken, immer der Rücken.

»Wenn Sie wüßten, wie mir der Rücken weh tut, Mademoiselle Valérie...«

Ein Auto überholte sie, verlangsamte das Tempo, und der Mann am Steuer beugte sich einen Augenblick vor, um ihr zu winken. Ein schönes

Auto, mindestens fünfzigtausend Francs. Darin saß ihr Schwager, der Mann ihrer Schwester Marthe. Er war Arzt in Coulonges, und er ging auf Entenjagd. Er fuhr weiter. Sie hatten ein Hausmädchen. Den Sommer verbrachten sie mit den Kindern am Meer. Aber als sie sie einmal gebeten hatte, ihr monatlich zweihundert Francs zu überweisen für...

»Zweihundert Francs im Monat, meine arme Valérie! Wô sollen wir die hernehmen? Bei den Verpflichtungen, die wir haben! Mama braucht ja nichts... solange du da bist...«

Auch Geneviève, die mit einem Eisenbahnbeamten verheiratet war, behauptete, sie käme mit dem Gehalt nicht zurecht. Und noch schlimmer! Jedesmal, wenn sie kam, bettelte sie ihr etwas ab.

»Ach, ich nehm ein bißchen Zucker mit... hast du noch Zimt?... Ich überlege gerade, ob ich noch Gewürznelken habe...«

Valéries Füße schmerzten beim Gehen immer noch mehr. Sie nahm den Schlüssel aus der Tasche, betrat den Laden und zog die Jalousien hoch. Dann setzte sie sich ganz schnell auf den Schemel, um sich die Schuhe auszuziehen, und eine ganze Weile rieb sie ihre schmerzenden Füße. Sie blickte nicht um sich, sie ruhte sich erst einmal aus. Nachher würde sie sich umziehen, das Frühstück zubereiten, die Hühner und die Hasen versorgen, die Ziege neben der Straße anbinden...

Dann wäre ihre Mutter an der Reihe... waschen, anziehen, sie in den Rollstuhl setzen... zwischendurch würden Kundinnen sie stören...

Plötzlich wurde ihr Blick starr, eine ganze Weile stutzte sie... der Puppenkopf... Valérie runzelte die Augenbrauen. Sie fragte sich, ob sie nicht vielleicht träumte... Der Kopf der Puppe lag nicht mehr bei der Küchentür, sondern mitten im Laden...

Madame Conche tat so, als schliefe sie. Valérie wußte das. Sie stand direkt neben ihrem Bett. Und sie sagte noch einmal in strengem Tonfall:

»Mama!«

Die alte Frau mit ihrem rosigen und aufgedunsenen Gesicht wie von einem Riesenbaby spielte ihre Unschuldskomödie bis zu Ende. Sie fuhr zusammen, öffnete die Augenlider, schloß sie wieder, streckte sich und näselte mit belegter Stimme:

»Du bist schon zurück?«

»War es Gérard!« fragte Valérie ungerührt.

»Wie, Gérard?«

»Was hatte er hier zu suchen? Wie ist er hereingekommen?«

»Ich verstehe nicht, was du meinst...«

Noch nie waren Valéries Gesichtszüge so hart gewesen. Gewöhnlich war ihr Gesicht ausdruckslos, oder wenn es etwas ausdrückte, dann sanfte Resignation. Jetzt schien ihr rundes Altjungfernmondgesicht in die Länge gezogen, die Nase war spitz geworden, der Mund dünn.

»Was hat er gewollt?«

»Ich habe Gérard nicht gesehen...«

Gérard war Valéries Bruder, ein Taugenichts, der

mit zweiunddreißig Jahren noch immer keine regelmäßige Arbeit hatte und dem sie fortwährend Geld geben mußten, um ihn vor der Polizei zu schützen.

»Das werden wir ja sehen...«

Valérie ging zur Kasse, öffnete sie und zählte das Geld nach. Entgegen aller Erwartung fehlte nicht ein einziges Francstück.

Trotzdem, der Puppenkopf... um ihn wegzustoßen, mußte jemand die Küchentür aufgemacht haben...

»Rutsch mal weg!« sagte sie zu ihrer Mutter.

Die Alte gehorchte, folgsam und erschrocken.

»Was willst du denn?«

Was sie wollte? Sie zog unter der Matratze die abgenutzte Brieftasche hervor, in der die Alte ihre elftausend Francs Ersparnisse aufbewahrte. Denn sie hatte elftausend Francs gespart, und die verteidigte sie wild.

Es war schon vorgekommen, daß Valérie Geld brauchte, um einen Lieferanten zu bezahlen, und ihre Mutter hatte ihr nichts geliehen.

»Man weiß nie, was noch kommt... wenn du eines Tages nicht mehr da bist...«

Madame Conche sah den Tod von allen voraus, nur nicht ihren eigenen.

»Dann hätte ich wenigstens etwas, daß ich in ein Heim gehen kann, ohne mich schämen zu müssen...«

Jedesmal, wenn sie vom Altersheim sprach, weinte sie vor Rührung. Noch machte Valérie alles. Sie kümmerte sich um die Tiere und das Geschäft, wusch und pflegte ihre Mutter, trug sie herum und setzte sie in ihren Rollstuhl. Valérie lebte in Quatre-Bras, gepeitscht von allen Wettern, und dabei war es der Traum ihres Lebens, als Schneiderin in der Stadt zu leben!

Die Alte blickte verstohlen nach ihr, während sie die vom Zählen und immer wieder Zählen ausgefransten Scheine zählte.

Es fehlte kein einziger!

»Also sag mir, wer da war...«

»Aber niemand, Valérie. Ich hab nichts gehört. Du weißt ja, aber... mein Gott! Wie gemein du bist zu deiner armen alten Mama...«

Ja, wenn niemand dagewesen war...

»Zeig mir deine Füße...«, befahl Valérie plötzlich.

»Warum willst du auf einmal meine Füße sehen? Ich zeig sie dir nicht... ich...«

Aber Valérie zog sie schon aus dem Bett. Sie waren mit weißem Flanell umwickelt. Am Tag zuvor hatte Valérie ihrer Mutter frische Socken angezogen, als sie sie ins Bett gebracht hatte. An den Socken war Staub...

»Was hast du gemacht?«

»Ich? Was soll ich denn gemacht haben, guter Himmel? Wie kann man nur eine arme alte Frau so tyrannisieren, die...«

»Gib zu, daß du aufgestanden bist...«

Und nun begann die Mutter ganz still zu weinen, ohne zu antworten, und schüttelte den Kopf, wie um den Himmel zum Zeugen anzurufen für die

Bosheit der Menschen und insbesondere für die von Valérie.

Auch Valérie weinte. Sie vergaß aber dabei nicht, den Kaffee mit kochendem Wasser aufzugießen, von dem sich der Dampf auf die Fensterscheiben gelegt hatte.

»Ich hab's doch geahnt...« sagte sie immer wieder vor sich hin, ein wenig so, wie sie in der Kirche die Gebete vor sich hin sagte. »Ich hab's schon lange geahnt, aber ich hab's nicht glauben wollen... Wenn ich dran denke, daß ich dich jeden Morgen in deinen Rollstuhl schleppen mußte und daß du gestöhnt hast, wenn ich an deine Beine kam... Jetzt versteh ich! All deine Lieblinge sind weggegangen. Marthe kommt nicht, um dich zu pflegen, nicht wahr? Und Geneviève, die sieht man nur, wenn sie was braucht... Von Gérard will ich erst gar nicht reden... also muß eben Valérie, das gutmütige Tierchen...«

»Du bist gemein...«, jammerte die Alte.

Valérie war wie verändert. Sie zitterte am ganzen Leib. Die Hülle von Sanftmut und Resignation, die sie umgeben hatte, war mit einem Schlag zerbrochen, zerplatzt – wegen des Kopfes einer Puppe.

»Der Doktor hat recht gehabt! Weißt du noch, was er letztesmal gesagt hat, Doktor Tiskin? Er hat gesagt, du läßt dich gern verhätscheln, und wenn du nur den Mut hättest...«

Es war kein Zweifel mehr möglich: Ihre Mutter war aus dem Bett gestiegen! Ihre Mutter war durch die Küche gegangen und hatte die Tür zum Laden aufgemacht!

»Und wenn ich mich beklagt habe, weil du mir zu schwer warst, was hast du da geantwortet?

›Du solltest dir wünschen, dein ganzes Leben lang deine alte Mutter tragen zu dürfen, mein Kind...‹«

Beinahe hätte sie eine Tasse zerbrochen. Es klingelte. Die Nachbarin war im Laden.

»Ein Viertel gemahlenen Kaffee, Mademoiselle Valérie...«

Mit einem Mal wurde Valérie ruhig. Die Kunden brauchten ja nichts zu merken. Aber als die Frau wieder draußen war, waren ihre Wut und ihr gerechter Zorn ungebrochen wieder da.

»Wenn ich denke, daß ich mein Leben lang, meine ganze Jugend... Kannst du mir mal sagen, warum du aufgestanden bist? Kannst du mir sagen, was du im Laden zu suchen hattest?«

»Du bist gemein... du bist gemein«, jammerte die Mutter in einem fort, »... läßt mich denn im Bett, zu dieser Uhrzeit...«

»Aber sicher laß ich dich da, in deinem Bett! Du bist ja eben auch ohne mich aufgestanden, oder? Und überhaupt ist jetzt Schluß damit... wenn das so ist, gehe ich auch, ich auch, wie meine Schwestern und mein Bruder...«

»Valérie!« schrie die Mama, von Panik ergriffen. »Ich flehe dich an. Verzeih mir! Ich...«

»Was hast du im Laden gemacht?«

»Ich weiß nicht... du darfst nicht weggehen...«

»Du kannst also gehen, und du hast mir vorgemacht...«

»Valérie!«

»Es gibt keine Valérie mehr... du hast doch Geld, oder? Du hast elftausend Francs. Also! Du brauchst ja nur jemanden zu bezahlen... Rose nebenan wäre froh, wenn...«

»Ich will nicht von Rose gepflegt werden... ich will nicht, daß du fortgehst! O Gott! Was hab ich dir getan, daß ich verdiene...«

Sie weinten alle beide, sie schluchzten und beobachteten sich aus den Augenwinkeln, Valérie, die ununterbrochen hin- und herlief, und die Alte, die im Bett saß und zwischendurch ängstliche Blicke auf ihre Tochter warf.

»Ich gehe... noch heute! Wenn ich denke, daß Victor während der ganzen Zeit auf der Jagd ist... und Marthe hat ein Hausmädchen! Sie steht um neun Uhr auf, und dann ist schon das Frühstück fertig und überall Feuer gemacht... und ich, wenn ich auch nur einen Augenblick vor der Tür stehe, schreit es, als wäre Feuer auf dem Dach:

›Valérie! Valérie!‹

Und ich muß auch noch für die Lastwagenfahrer Essen machen! Ich muß ihnen was zu trinken anbieten, Kisten und Kannen rumschleppen... und wenn ich dich einen Augenblick allein lasse...«

Sie hatte die Schublade ihrer Kommode aufgemacht und riß Wäsche und Kleider heraus.

»Und du bist aufgestanden!... Und du hast mir vorgemacht...«

Auf einmal blieb sie wie angewurzelt mitten im Zimmer stehen:

»Um Himmels willen, sag mir wenigstens, was du im Laden zu suchen hattest! Wenn Gérard dagewesen wäre, würde ja Geld fehlen... was hast du...«

»Hilf mir beim Aufstehen...«

»Nein!«

»Valérie! Denk daran, daß wenn dein armer Vater da wäre...«

»Mein armer Vater würde dir sagen, daß du schon immer eine Egoistin gewesen bist...«

»Ja ist denn das die Möglichkeit! So zu lästern, jetzt, wo der liebe Mann...«

»Was hattest du im Laden...«

Ihre Mutter hatte sich das Bettuch vors Gesicht gedrückt, aber sie schaute durch einen kleinen Spalt hindurch, und Valérie bemerkte es. Ein helles und hinterlistiges Auge.

»Nichts zu machen! Du wirst dich mit Rose abfinden müssen... bevor ich mit dem Mittagsbus wegfahre, geh ich zu ihr und sag ihr Bescheid...«

»Ich will aber nicht, daß dieses Mädchen in mein Haus kommt...«

»Dann bleibst du eben alleine. Und ich hab es mir ständig überlegt, ob ich mir ein Fahrrad kaufen soll, wo doch meine armen Füße...«

Es gab nur einen Koffer im Haus, und Valérie packte alles hinein, was ihr in die Hände fiel.

»Ich brauche mir keine Sorgen zu machen! Ein kleines Zimmer in der Stadt – keins im Erdgeschoß, das ist leichter zu heizen... meine Nähmaschine lasse ich nachkommen, schließlich hab ich sie ja gekauft... wir werden sehen, ob ich nicht bald Kunden habe... mein Leben lang hab ich...«

»Bring mir wenigstens eine Tasse Kaffee...«

Valérie brachte ihr eine Tasse, zögerte dann eine Weile, ging schließlich in den Laden und holte Zukker und einen Löffel aus dem Schrank.

»Er ist so heiß...«, jammerte die Alte, deren Klagen aus alter Gewohnheit schon so echt klangen.

»Dann laß ihn kalt werden...«

»Ich werde Flecken auf das Bett machen... meine Hände zittern...«

»Deine Beine haben auch nicht gezittert heute morgen, als du in den Laden gegangen bist.«

»Du bist gemein!«

»So, ich bin gemein! Herr Jesus! So was muß man sich anhören... ich, die ich nie eine Kindheit gehabt habe.., ich, die...«

»Gib mir ein Stück Brot...«

Sie stieß auf, wie ein Kind, lange nachdem es geweint hat, und Valérie hatte nasse Furchen in den Wangen.

»Ja, ich gehe weg... alle haben sich über mich lustig gemacht. Ich wäre bis zu meinem Tod die Bedienung für andre gewesen... ich frage mich...«

Ja, was hatte ihre Mutter im Laden zu suchen gehabt?

Es war neun Uhr. Auf der Straße fuhren nun Radfahrer vorbei und ein paar schnellere Autos, die Quatre-Bras nur als Ansammlung von ein paar verspielten Häuschen an der Kreuzung wahrnahmen.

Sie würde gehen! Ihre Mutter hatte ja Geld... wenn es sein mußte, wenn sie am Sonntag kein Zimmer bekäme, würde sie eine Nacht im Hotel du Marché schlafen, in dem man sie kannte und es ihr nicht zu teuer berechnete. Wenn ihre Schwestern erfuhren... was hatten die für ihre Mutter getan, ihre Schwestern? Hatten sie sie von Kopf bis Fuß gewaschen? Hatten sie sie zweimal täglich herumgeschleppt? Und an manchen Abenden hing Valérie das Kreuz durch, als ob sie den ganzen Tag Wäsche gewaschen hätte.

»Das wirst du nicht tun... du weißt genau, daß ich dann sterben muß...«

Sie würde noch hundert Jahre leben, jawohl! Sie hatte ja immer behauptet, sie würde hundert Jahre leben, wie ihre Großmutter!

Wenn sie nicht gegangen war, um Gérard die Tür aufzumachen...

»Jetzt muß ich meine Schuhe wieder anziehen...«

Valérie sprach zu sich selbst. Sie betrachtete ihre beiden unförmigen Folterinstrumente auf dem gekachelten Küchenboden. Jetzt, wo die Füße warm waren, war es eine richtige Schwerarbeit, sie anzuziehen, und mindestens eine halbe Stunde lang würden sie schmerzen, daß sie am liebsten schreien würde...

Was hatte ihre Mutter...

»Gib zu, daß du mich schon immer als Opfer behandelt hast! Schon als ich klein war. Ich mußte mich um meine Schwestern kümmern, und mir wurden Kleider aus deinen abgelegten gemacht, während sie...«

»Du weißt genau, daß du nicht hübsch warst...«

»Weil alle gesagt haben, daß ich häßlich bin!«

»Meine kleine Valérie...«

»Es gibt keine kleine Valérie... Ich gehe weg... in zwei Stunden bin ich...

»Setz mich wenigstens noch in den Rollstuhl...«

»Nein...«

»Du läßt mich im Bett liegen?«

Die Alte weinte wieder lautlos vor sich hin und machte die kindliche Schnute, von der sie wußte, daß sie Rührung hervorrief.

»Setz dich auf... halt dich gerade...«

»Ich hab's ja gewußt...«

»Ich setz dich in deinen Lehnstuhl, aber ich gehe trotzdem...«

»Gib mir meine Decke... du hast den Hühnern noch kein Futter gegeben...«

»Das ist mir egal...«

»Sie haben dir nichts getan...«

Das stimmte. Valérie warf ihnen ein paar Hände voll Mais hin, aber sie hatte nicht das Herz, den Hasen Gras zu schneiden, sie begnügte sich damit, ihnen ein paar Rübenstückchen zu geben.

»Valérie!«

»Was hast du im...«

»Ich weiß nicht... ich schwör dir, ich...«

»Im übrigen ist es mir egal... was zählt, ist nur,

daß du allein gehen kannst und daß ich zehn Jahre lang...«

»Ein Viertel Rosé!« rief jemand aus dem Laden.

Ein Radfahrer, ein Junge aus einem Nachbardorf. Er hielt sich ganz steif in seinem Sonntagsanzug und hatte Klammern in den Hosenbeinen. Valérie bediente ihn. Durch die halboffene Tür sah sie ihre Mutter im Rollstuhl sitzen, vor dem Ofen, wo sie immer den ganzen Tag verbrachte.

»Geben Sie mir ein Stück Wurst...«

Sie schnitt zwei Scheiben ab und wog sie.

»Das macht fünfzehn Sous für die Wurst und achtzehn Sous für den Wein...«

Das war das letzte Mal, daß sie bediente! Sie hatte den Geruch von Weinresten noch nie ertragen können, jedesmal war ihr schlecht geworden, wenn sie ein Viertel aus dem Faß holen mußte.

Die Glocken schlugen zur Hauptmesse. Es gab Leute, die konnten spät aufstehen und sich sorgfältig anziehen, um in eine Messe zu gehen, die fast eine Stunde dauerte! Und nachher schlenderten sie im Dorf herum!

Was hatte ihre Mutter...

Sie würde ja keinesfalls das Haus im Stich lassen, sonst würde Rose oder irgendeine Nachbarin...

»Geh woanders spielen, nicht hier!«

Ninie war hereingekommen und auf allen vieren hinter den Ladentisch gekrochen.

Valérie machte das Bett ihrer Mutter, sie drehte die wolkenförmige, prall mit Federn gefüllte Matratze um und klopfte das rote Daunenkissen zurecht. Anschließend machte sie ihr eigenes Bett. Dann sagte sie sich, daß die Ziege... war die Ziege, die draußen meckerte, verantwortlich?... Sie nahm den Schemel mit, holte den Eisenpflock, den Hammer...

Was hatte ihre Mutter...

Sie sah sehr traurig auf das wie mit Kreide gezeichnete Straßenkreuz in der bleiernen, kalten Landschaft.

Mittags würde der Bus von Vervant hier halten und seine Bremsen quietschen lassen. Der Fahrer würde sich aus dem Bus beugen und schauen, ob in dem kleinen Laden Kundschaft für ihn war.

»Haben Sie einen Auftrag, Mademoiselle Valérie?«

Ihr wurde schwach. Es war in ihrem Innern wie ein lauwarmes Bad.

Warum wollte ihre Mutter ihr nicht verraten...

Als sie in die Küche zurückkam, fand sie sie vor dem Ofen sitzend, den Kopf gesenkt, die Hände mit einem Rosenkranz umschlungen, denn sie hatte die Angewohnheit, während der Messe Rosenkranz zu beten.

Valérie schnallte ihren Koffer zu. Sie hatte noch Zeit, die Schuhe anzuziehen. Die Tür zur Straße war ebenso verglast wie die zur Küche. Anstatt der Glasimitation klebten jedoch durchsichtige Reklamefolien darauf, eine blaue für Stärke, mit einem großen weißen Löwen, und eine rote für Gebäck. Seitdem Valérie auf die Welt gekommen war, hatte sie diese zwei Reklamefolien immer auf demselben

Fleck gesehen, und ihre Tage waren eingeteilt durch das Klingeln der Ladenglocke, die sie aus allen Ladenglocken der Welt herausgekannt hätte.

Ach, da war Madame Paillat...

Die ging nicht zur Messe und benutzte den Sonntagmorgen dazu, Einkäufe zu machen, als wäre...

»Was brauchen Sie, Madame Paillat?«

»Erst mal ein Päckchen Zichorie...«

»Hier!«

»Ein Viertelkilo Zucker... eine Flasche weißen Essig...«

»Haben Sie die leere Flasche mitgebracht?«

»Nein... aber das macht nichts... ich bring sie Ihnen ein andermal...«

Herrschte irgendwo derselbe Geruch wie in diesem kleinen Laden? Er setzte sich aus vielen Gerüchen zusammen. Leichter Petroleumgeruch, aber durchzogen von dem schärferen Geruch von Tresterbranntwein und Kognak, einer Spur Zimt und Nelken und einem Beigeschmack von Kaffee.

Eine warme und friedliche Atmosphäre. Das Wachstuch auf den Tischen, über das Valérie jeden Morgen mit dem Tuch ging...

»Eine Dose Sardinen...«, sagte Madame Paillat, die ihr Netz vor dem Bauch hielt, »... ach, und wenn Sie schon dabei sind, bringen Sie mir doch ein Gläschen Schnaps, mein Magen ist ganz durcheinander...«

Ihr Magen war jeden Morgen durcheinander, und sie mußte ihn mit einem Gläschen Schnaps spülen.

»Diese Kälte gerade… einen Liter Petroleum… ich bin gespannt, wann die sich mal entschließen, hier Elektrizität zu legen… da zahlt man Steuern wie alle andern Leute auch, und dann… Haben Sie noch Cornichons?«

»Aber ja, Madame Paillat…«

Valérie gab acht beim Bedienen, wegen ihres Sonntagskleides, vor allem, wenn sie am Petroleumfaß vorbei mußte, das immer mit einer übelriechenden Dunstschicht bedeckt war.

»Das Glas ist fast leer… machen Sie mir noch eins auf…?«

Valérie streckte sich, um an das gewünschte Glas zu kommen, und da…

»Das ist doch nicht möglich…«, sagte sie.

»Wie? Was ist nicht möglich?«

»Nichts…«

Sie hatte das Glas erst vor drei Tagen aufgemacht, sie hatte erst viermal etwas herausgenommen, und sie war sicher, daß am Abend zuvor, als sie ein Viertel Pfund für Ninies Mutter abgewogen hatte…

»Ich habe kein neues Glas mehr… aber es reicht schon, Sie werden sehen… Es gibt sogar ein gutes Pfund…«

»Nachdem Sie schon dabei sind, geben Sie mir alles, was übrig ist…«

Valérie war ganz benommen. Sie bediente wie mechanisch, und gegen ihre Gewohnheit achtete sie nicht auf die eine Waagschale, die immer zu schwer herabfiel.

»Hier, Madame Paillat… das macht…«

Sie rechnete auf einem braunen Stück Papier zusammen.

»Elf Francs sechs Sous... Haben Sie kein kleines Geld...?«

Sie mußte welches aus ihrem Geldbeutel holen gehen, in der Küche, wo immer noch ihre Mutter unbeweglich im Rollstuhl saß. Sie dachte nicht mehr daran, jeden Augenblick auf die Uhr zu sehen, wie sie es eben noch getan hatte.

Die Tür öffnete sich, die Klingel schlug an, die Tür schloß sich wieder, und Mutter und Tochter waren wieder allein.

Die alte Frau machte einen resignierten Eindruck und brachte kein Wort hervor, während Valérie ihr Kleid auszog.

»Mama...«

»Ja, was?«

»Willst du mir immer noch nicht sagen...«

»Aber wozu denn eine arme alte Frau so quälen, die nicht mehr lange...«

»Was hast du...?«

»Ich werde einsam in meiner Ecke sterben, und dann wirst du an mein Grab kommen und mich anflehen...«

»Sei still! Was hat dir der Arzt verboten?«

»Was weiß ich...?«

»Ich weiß es! Er hat dir verboten... er hat dir...«

Valérie fiel auf ihr Bett in der Küche, wie jemand, dem die Luft ausgegangen ist, und den Kopf in die Hände vergraben, fing sie an zu weinen.

»Das weißt du ganz genau!« schrie sie plötzlich,

»du weißt genau, daß er dir verboten hat, Cornichons zu essen...«

Die Alte wagte es noch nicht, sich zu freuen.

»Und du hast die Zeit ausgenutzt, die ich in der Frühmesse war, um... um... wo hast du sie hingetan?«

Nun ja! Sie stand wieder auf. Unnötig, über ihr Schicksal zu weinen. Sie würde nicht gehen. Hatte sie ernsthaft gehofft, fortgehen und Schneiderin in der Stadt werden zu können?

»Sag mir wenigstens, wo du sie hingetan hast! Es waren über ein halbes Pfund davon da...«

»Du bist gemein...«

»Ich mache dich darauf aufmerksam, daß, wenn du nicht antwortest, wenn du mir nicht sagst, wo du sie hingetan hast...«

Die Alte ließ den Kopf sinken.

»Antworte, Mama...«

Von ferne war ein Geräusch zu hören. Der Autobus...

Sie vergaß, daß sie ihre Schuhe noch nicht angezogen hatte, und drohte, den Koffer zu nehmen.

»Ich habe sie...«

Schweigen.

»Gib mir ein Taschentuch... ich hab sie... ich hab sie gegessen...«

Der Fahrer, ein hübscher junger Mann mit braunem Schnurrbart, neigte sich von seinem Sitz herunter:

»Haben Sie einen Auftrag, Mademoiselle...?«

Sie stand in der Tür, mit einem bitteren kleinen, dabei fast resignierten Lächeln:

»Keinen, Monsieur Eugène... außer dem Käse, den Sie mir bringen sollten.«

Als sie die Tür wieder zumachte, gab es einen Geruch mehr im Haus, der sich mit all den anderen Gerüchen vermischte. Aber wer hätte ahnen sollen, daß es der Geruch von Tränen war?

»Einen Pernod, Valérie...!«

»Einen Johannislikör!«

Sie rochen nichts als das, was sie in ihrem Glas hatten! Denn den Geruch von Tränen erkennen nur die, die sie vergossen haben.

Und diese Tränen hatten einen Beigeschmack von Essig und Estragon, und von Cornichons...

Die hufeisenförmige Krawattennadel

Die Milchfrau brachte noch die Milch zu den beiden Häusern am Ende der Straße, bevor sie in die Rue de l'Enseignement zurückfuhr. Die mechanische Säge bei Halkin hinter dem grüngestrichenen Zaun gab dem Tag seinen Rhythmus, und im blauen Himmel hing ein geheimnisvolles Zittern; kaum wahrnehmbare Formen schwebten in der Luft, die man unbestimmt erraten konnte, die sich aber sofort verflüchtigten, wenn man versuchte, bis einem die Augen schmerzten, sie festzuhalten.

»Du bist noch zu klein…«, hatte der etwas mehr als vierjährige Doudou soeben würdevoll erklärt.

Bis auf den Wagen der Milchfrau am Ende der Straße und eine unfrisierte Frau, die sich mit einem Emailtopf aus der Haustür beugte, war die Rue Pasteur wie ausgestorben. Sie wurde der ganzen Länge nach vom Schatten und der Sonne in zwei Hälften geteilt. Zwischen den Pflastersteinen sproß Gras. Und auf der Sonnenseite strömten Steine und Häuser dasselbe Flimmern aus, das über den Himmel zitterte.

»Wenn du größer wärst, würd ich's dir sagen…«

Welches Geheimnis war es, das Doudou dem kleinen Corbion nicht anvertrauen konnte, der ein

Jahr jünger war als er? Daran sollte er sich später nicht mehr erinnern. Alles übrige aber würde für immer in seinem Gedächtnis eingegraben bleiben. Sie standen in der Mitte des Gehsteigs. Einige Meter weiter war das Fenster zur Küche offen, die im Keller lag, und im bläulichen Schatten war die Mama von Corbion zu sehen, wie sie leuchtend weiße Wäsche bügelte.

Ihnen gegenüber die Ziegelmauer der Schule. Noch ein paar Minuten, und genau um zehn Uhr würden sich die Klassenzimmer öffnen, der Hof würde sich mit einem solchen Lärm erfüllen, daß man nicht einmal mehr die Säge bei Halkin hörte.

»Sag's mir doch!« insistierte der kleine Corbion, der lange Haare hatte wie ein Mädchen.

Doudou schaute zur Rue de la Loi und sah seinen Onkel Nicolas um die Ecke biegen. Das war ein Ereignis. Onkel Nicolas, der als Schirmverkäufer in einer über hundert Kilometer weit entfernten Stadt lebte, kam fast nie in die Rue Pasteur. Er hatte einen dichten Schnurrbart und einen fast kahlen Schädel. Und Doudous Mutter war mit dem Haushalt noch nicht fertig und hatte noch den Morgenmantel an! Die würde sich aufregen!

»Sieh dich nicht um hier, Nicolas... Setz dich einen Moment, ich frisiere mich inzwischen.«

Für Nicolas, eben weil sein Besuch so selten war, würde der Salon geöffnet werden, in dem es nach Wachstuch roch. Die sonst geschlossenen Jalousien mußten aufgemacht werden, und aus dem Geschirrschrank wurde die Karaffe mit Branntwein geholt, die sozusagen nur für Onkel Nicolas da war.

Doudou hörte die Klingel läuten. Die dunkle Silhouette seines Onkels verschwand im Haus. Aus dem Schulhof erscholl der Pausenlärm. Die Hände in den Hosentaschen, auf und ab spazierend wie ein Mann, kümmerte sich der kleine Doudou nicht mehr um Corbion und schlich um das Haus herum. Die Haustür war im Frühjahr frisch gestrichen worden, und offenbar nicht richtig, denn die Farbe warf sich auf. Durch das Schlüsselloch beobachtete Doudou den dunklen Korridor mit der verglasten Küchentür am Ende.

Er hätte klopfen können, wie gewöhnlich. Aber er ging lieber außen herum. Zwei Häuser weiter war ein schmales Gäßchen, auf das sich die Gartentürchen öffneten, und er ging durch den Hof. Am Tag vorher war Wäsche gewaschen worden. In den Bottichen war noch ein Rest bläuliches Wasser. Die kalkgeweißten Mauern knisterten in der Sonne.

»Das ist nicht möglich, Nicolas«, sagte seine Mutter. »Warum sollte er es sein? Charles hat nie ein Auto gehabt. Er kann nicht mal fahren...«

Sie zwang sich zu einem etwas nervösen Lachen. Das Salonfenster stand offen. Doudou sah seinen Onkel und seine Mutter im Halbschatten am Tisch sitzen, auf dem eine Zeitung aufgeschlagen lag. Und Nicolas zündete sich eine Zigarette an und erklärte:

»Ich bin am Bahnhof angekommen und gleich in sein Büro gegangen... ich habe nach Charles gefragt, und der Beamte hat mir geantwortet, daß er schon seit zwei Jahren nicht mehr bei Monsieur Bastien arbeitet...«

»Aber Nicolas, das ist unmöglich! Noch heute morgen ist er um halb neun weggegangen, wie immer...«

Ein Sonnenstrahl fiel schräg in das Zimmer und ließ das blonde Haar von Doudous Mama leuchten.

»Was machst du hier, Emile?«

Seine Mutter nannte ihn nie Doudou. Sie war der Meinung, es sei albern, den Kindern Spitznamen zu geben. Es bliebe ihnen, und später hätten sie Schwierigkeiten...

»Geh spielen! Ich hab dir verboten, durch den Garten hereinzukommen...«

Sie war der Meinung – und alle waren der Meinung –, daß er zu klein war, um etwas zu verstehen. Den restlichen Vormittag verbrachte er auf dem Gehsteig, die Hände in den Hosentaschen vergraben und seinen großen Kopf hin- und herwiegend. Onkel Nicolas war abgereist.

»Emile! Emile!«

Seine Mutter schärfte ihm ein:

»Wenn dein Vater heimkommt, darfst du ihm nicht sagen, daß Onkel Nicolas heute morgen da war. Ich erklär's dir später. Du sagst es nicht, nein?«

»Nein...«

Es gab ein Stück Schokolade dafür. Um halb ein

Uhr bog sein Vater um die Straßenecke. Er kam wie immer mit großen weichen Schritten und beugte sich herab, um seinem Sohn einen Kuß zu geben. Er steckte den Schlüssel ins Schloß und fragte, wie es das häusliche Ritual war:

»Essen wir?«

Seine Frau lächelte ein etwas verkrampftes Lächeln.

»Was Neues im Büro?«

»Immer dasselbe...«

»Ist Monsieur Bastien immer noch so freundlich?«

»Warum fragst du mich das?«

»Ich weiß nicht... nur so... er hat uns so viele Geschenke gemacht. Vielleicht wär es gut, wenn ich mal hingehe und mich bedanke...«

Sie aßen zu dritt in der Küche. Vor dem Fenster spiegelte die weiße Mauer im Hof immer noch die Sonne.

»Iß, Emile...«

»Ich hab keinen Hunger...«

»Iß wenigstens dein Fleisch...«

Es lag an diesem Mittag etwas in der Luft, das nicht natürlich war.

»Monsieur Bastien«, sagte Doudous Vater ernst, »liebt keine Ergüsse. Er ist ein etwas seltsamer Mann... er ist sehr großzügig, aber wenn man sich bedanken will...«

»Deine letzte Rundreise hast du doch in der Gegend von Boulogne gemacht?«

»Was stellst du mir Fragen?«

»Ach nichts... jemand hat gemeint, er hätte dich in Paris gesehen...«

»Wer?«

»Ich weiß nicht mehr... iß. Nicht von Bedeutung. Er hat sich sicher geirrt, du warst ja in Boulogne... Sag jedenfalls Monsieur Bastien, daß ich mich für das Nähnecessaire bedanke, das er mir letzte Woche geschenkt hat. Er verwöhnt auch unseren Sohn viel zu sehr...«

»Das ist ganz normal... bei den fünfzehn Jahren, die ich schon dort bin...«

Denn es war vor fünfzehn Jahren, daß Charles als Angestellter bei Monsieur Bastien angefangen hatte, der Teilhaber eines großen Versicherungsunternehmens war.

Monsieur Bastien war alt und reich. Bald war Charles Boutet sein Vertrauensmann geworden.

Manchmal fragte jemand Doudou: »Was macht dein Vater?«

Und man hatte ihm beigebracht zu antworten:

»Er ist Versicherungsdirektor.«

Zweimal monatlich verreiste Charles, um drei oder vier Tage lang die Kunden in einigen Städten des Nordens aufzusuchen.

»Halb zwei... es ist Zeit...«

Er stand vom Tisch auf, wusch sich die Hände unter dem Hahn im Hof, setzte seine Melone auf und nahm seine Aktentasche.

»Bis heut abend!... Bis heut abend, Doudou...«

»Vergiß nicht, Monsieur Bastien von mir zu danken...«

Kaum hatte sich die Tür geschlossen, da brach sie in Tränen aus, ihre Stirn war auf den unabgedeckten Tisch gesunken.

»Sag vor allem deinem Vater nicht, daß ich geweint habe... du kannst das noch nicht verstehen... wenn du größer bist...«

Sie bügelte in der Küche, wie am Morgen Madame Corbion. Das Fenster öffnete sich zum Hof. Die Schatten waren weiter vorgerückt. Doudou saß auf dem Boden und spielte mit buntbemalten Klötzchen, als er die Glocke hörte. Der Wecker auf dem Kamin zeigte zehn vor fünf.

»Komm rein, Nicolas... kommen Sie rein, Monsieur...«

Ein Mann, den Doudou nicht kannte, wurde mit Onkel Nicolas in den Salon gebeten; er war sehr dick, hatte lila getönte Wangen und schnaufte.

»Nun?«

»Es ist, wie ich vermutet habe«, antwortete Nicolas, »vor zwei Jahren hat dein Mann bei seinem Chef gekündigt, wobei er vorgab, er hätte eine kleine Erbschaft gemacht und wolle jetzt selbständig arbeiten...«

»Warum hat er mir das nicht gesagt?... Entschuldigen Sie mich, Monsieur... ich bin derart durcheinander...«

Sie schluchzte. Trotzdem dachte sie aber daran, ihre weiße Schürze auszuziehen und in die Küche zu gehen und nachzusehen, ob sie nicht das heiße Eisen hatte auf dem Tisch stehenlassen.

»Geh spielen, Emile...«

Onkel Nicolas fuhr fort:

»Monsieur Gilles ist ihm gerade nachgegangen... er hat die Tram genommen und ist hinter dem Bahnhof in ein kleines Café gegangen, wo Billard gespielt wird...«

»Aber er hat nie Billard gespielt!«

»Jetzt spielt er Billard... fast jeden Tag, wie es scheint...«

»Aber Nicolas, wie ist das nur möglich?... Und das Geld...?«

Die beiden Männer sahen sich an. Doudou wußte noch nicht, daß der dicke Mann ein Polizeibeamter war.

»Eben, Madame... das müssen wir herausfinden... was die Photographie betrifft...«

Er zog dieselbe Zeitung aus der Tasche, die ihr Onkel Nicolas am Vormittag gezeigt hatte.

»Erkennen Sie den grauen Anzug?«

Sie lächelte ohne Überzeugung.

»Mein Mann hat nie einen grauen Anzug getragen... in seinem Beruf muß er dunkle Kleidung tragen...«

»Den Hut?«

»Nein, Monsieur... seitdem ich ihn kenne, trägt er nur eine Melone; ganz selten mal, im Sommer auf dem Land, einen Panama...«

»Trotzdem ist er es, nicht wahr?«

»Kann es nicht jemand sein, der ihm ähnlich sieht?«

»Aber nein, Sophie!« schaltete Nicolas sich ein,

»Du weißt ganz genau, daß er es ist... unmöglich, daß zwei Männer...«

Zwischen ihnen auf dem Tisch lag eine Pariser Zeitung, die erste Seite war mit vielen Photos illustriert. Unter einem Bild der Text: »Seit gestern funktioniert das neue Signalsystem.«

Ein Photo von einer Kreuzung der Grands Boulevards. Autos, die vor einer Ampel stehen. Ganz vorn allein am Steuer eines offenen Wagens Charles, oder jedenfalls jemand, der ihm derart ähnlich sah...

»Kannst du nicht das Kind hinausschicken?«

»Emile... geh spielen, ich hab's dir schon mal gesagt... Willst du wohl die Zeitung in Ruhe lassen? Entschuldigen Sie, Monsieur, ich tue alles, was ich kann, um ihn zu erziehen, aber...«

»Das ist Papa...«

»Was erzählst du denn! Geh spielen! Laß die großen Leute reden und...«

»Es ist Papa...«

Der Kommissar beugte sich freundlich vor:

»Warum sagst du, daß es dein Papa ist?«

»Weil er es ist.«

»Aber dein Papa hat doch kein Auto...«

»Es ist Papa...«

»Es ist vielleicht jemand, der deinem Papa ähnlich sieht und es doch nicht ist...«

Doudous Ohren waren dunkelrot geworden, er sah die Erwachsenen um sich herum trotzig an.

»Es ist Papa...«

»Emile, noch einmal, du sollst mit dem kleinen Corbion spielen gehn...«

»Einen Moment, Madame... warum bist du so sicher, daß es dein Papa ist?«

»Wegen seiner Nadel...«

»Welcher Nadel?«

»Seine Krawattennadel... mittags hat er sie noch angesteckt...«

Die anderen hatten keine Einzelheiten bemerkt, vor allem nicht ein so kleines Detail, auf dem Bild nur ein weißer Fleck in Form eines Hufeisens.

»Verstehen Sie, was Ihr Sohn sagen will, Madame? Wenn Sie vielleicht eine Lupe haben...«

»Ich glaube, es ist eine in der Schublade...«

Im Vorbeigehen stieß sie gegen den kleinen Jungen.

»Welche Krawattennadel trug Ihr Gatte heute mittag?«

»Er hat nur eine, Herr Kommissar...«

»Schon lange?«

»Über ein Jahr... Er hat sich schon immer eine Krawattennadel in Hufeisenform gewünscht, mit kleinen Rubinen darauf... sein Chef...«

»Monsieur Bastien hat sie ihm letztes Jahr geschenkt?«

Sie wurde rot und beugte sich mit der Lupe über die erste Seite der Zeitung.

»Was werden Sie unternehmen?« fragte Onkel Nicolas ein wenig verlegen.

Wozu mußte er sich ausgerechnet in Sachen einmischen, die ihn nichts angingen, und den Kommissar hinzuziehen?

»Wann kommt Ihr Mann nach Hause?«

»Um halb sieben... das Büro macht um sechs zu, er müßte also um sechs Uhr weggehen... jetzt weiß ich nicht mehr... um Himmels Willen, Emile, nun geh doch endlich spielen...!«

»In diesem Falle warte ich, wenn Sie erlauben. Sagen Sie ihm nichts, wenn er heimkommt, oder vielmehr, sagen Sie ihm, daß jemand in diesem Zimmer auf ihn wartet...«

»Ich muß zum Zug...«, sagte Nicolas und stand auf. »Meine arme Sophie, ich überlege wirklich... also wenn es was Ernstes gibt, ruf mich an...«

Die Großen spielten im Rinnstein Murmeln, und die Sonne schien nur noch auf den ersten Stock und die Dächer der Häuser. Doudou schaute zu; als er seinen Vater an der Straßenecke auftauchen sah, ging er ihm nach seiner Gewohnheit entgegen und nahm seine Hand.

»Warum hast du mir nie dein Auto gezeigt?«

»Wer hat dir denn davon erzählt?«

»Onkel Nicolas und der Kommissar... ich hab gleich deine Krawattennadel erkannt...«

»Ist er zu Hause?«

»Wer?«

»Der Kommissar...«

»Ja...«

Charles Boutet verlangsamte kaum seine Schritte. Dann nahm er den Schlüssel aus der Tasche und drehte ihn im Schloß um.

»Geh spielen, mein Sohn...«

»Papa...«

»Was?«

Nichts! Doudou hätte nicht sagen können, was er empfand. Er war traurig. Er hatte Gewissensbisse, er wußte nicht genau warum. Er dachte an die Sonntagvormittagsspaziergänge mit seinem Vater, wenn sie zusammen in die Bäckerei gingen, um das traditionelle St. Honoré zu kaufen.

Doudou durfte sich etwas ausbitten, Schusser, Bonbons, ein Spielzeug.

»Scht! Warte ein paar Tage... und sag deiner Mutter nichts davon...«

Dieses »sag deiner Mutter nichts davon...« war ebenso Tradition wie das St. Honoré. Einige Tage später kam Charles Boutet tatsächlich, ein wenig linkisch, mit dem Spielzeug nach Hause.

»Monsieur Bastien hat mir das für den Jungen gegeben, um sich für meine Überstunden in der letzten Zeit zu bedanken...«

Wie konnte Monsieur Bastien nur immer ahnen, was Doudou sich gerade wünschte, ohne sich jemals zu irren? Und warum zwinkerte ihm sein Vater mit den Augen zu, wie um ihm nahezulegen: »Sag ja nichts deiner Mutter«?

Niemand war im Korridor. Boutet zog seinen Mantel aus und hängte ihn an den Haken.

»Geh zu deiner Mutter...«

Er stieß die Tür zum Salon auf. Die Mutter in der Küche weinte.

»Hast du ihm was gesagt?«

»Daß ich seine Nadel erkannt habe...«

Stimmengewirr. Die Tür ging wieder auf.

»Sophie! Kannst du einen Moment kommen?«

Der Salon blieb fast eine Stunde lang zu. Auf dem Herd brannten die Bohnen an. Das Fenster war immer noch geöffnet, aber jetzt kam frische, feuchte Luft aus dem Hof.

»Was haben Sie dazu zu sagen, Monsieur Boutet?«

»Ich hab geahnt, daß es eines Tages passieren würde. Ich hab noch nie Glück gehabt...«

Er war groß und sanft, blond, mit weichen Zügen, wie auf einer Photographie, die allmählich verblaßt. Er wandte sich an seine Frau und stotterte:

»Ich bitte dich um Verzeihung...«

Sie hatte heute schon so viel geweint, daß sie nur noch schluchzen und sich die Augen mit dem Schürzenzipfel abwischen konnte.

»Sie haben in Paris ein Quartier?«

»Ein möbliertes Zimmer, beim Gare du Nord, Rue de Maubeuge...«

»Und ein Auto?«

»Ich hab es vor einem Monat gekauft...«

»Wozu?«

»Weil ich ein Auto haben wollte...«

»Haben Sie auch eine Freundin?«

Er errötete und schüttelte den Kopf.

»Ich hab keine richtige Freundin gehabt...«

»Es ist besser, wenn du alles zugibst, Charles!«

»Es ist die Wahrheit... ich hab keine richtige Freundin gehabt... *es war nicht deswegen*...«

»Es hat sich erwiesen, daß Sie in den letzten zwei Jahren keinerlei Erbschaft gemacht haben...«

»Das stimmt...«

»Wie haben Sie sich das Geld für ein Doppelleben verschafft?«

»*Ich habe es nicht absichtlich getan...*«

»Erklären Sie das...«

»Es ist ganz einfach, Herr Kommissar... ich bitte meine Frau nochmals um Verzeihung... ich hab bei Monsieur Bastien sehr wenig verdient... er hat mich sehr gemocht, das hat er unaufhörlich beteuert, aber mein Gehalt aufzubessern, daran hat er nicht gedacht... er weiß wahrscheinlich nicht, was ein Haushalt kostet. Also habe ich kleinere Beträge abgezogen, sehr kleine Beträge, fast täglich. Ich hatte die Kasse... Monsieur Bastien ist nie im Büro gewesen, er hat sich nicht um die laufenden Geschäfte gekümmert. Es war ganz einfach... fünf Francs, zehn Francs... für einen Kuchen, ein Spielzeug für das Kind, für Zigaretten. Wenn ich heimkam, habe ich gesagt:

›Das hat mir Monsieur Bastien geschenkt...‹, und meine Frau hat es geglaubt...«

Die Tränen flossen ihr von neuem übers Gesicht, sie verbarg es in den Händen.

»Sehen Sie, ich wollte gar nicht anders leben, ich wollte nur ein bißchen besser leben, Dinge kaufen, über die wir immer geredet haben, aber die wir uns nicht leisten konnten. Es ist zur fixen Idee geworden. Ich hab auch Sachen mitgenommen, nutzlose kleine Gegenstände... bei Monsieur Bastien liegen eine Menge nutzlose Dinge herum, Dinge, von denen er nicht einmal weiß, daß sie existieren, und von denen wir geträumt haben...«

»Charles!«

»Es ist so... während der Zeit, die ich dort war, hat Monsieur Bastien dreimal geerbt, von Tanten und Onkeln, die er kaum kannte... ich war damit beauftragt, eine Aufstellung all dieser Dinge zu machen. Der Papierbehälter im Zimmer...«

»Charles!«

»Und etliche andere Sachen... Es hätte noch lang so weitergehn können, mein ganzes Leben lang... aber als er von seiner Tante Grégoire aus Bourges geerbt hat, hab ich Wertpapiere und Obligationen gefunden, die nicht mal verzeichnet waren... Ich habe eine Obligation an mich genommen. Sie war vielleicht dreihundert Francs wert. Ich hatte keinerlei bestimmte Vorstellung... ein paar Monate später wurde sie dann für fünfhunderttausend eingelöst.«

»Sie haben die fünfhunderttausend Francs an sich genommen?«

»Damit hat alles angefangen. Ich konnte mit dem Geld ja nichts anfangen, ich konnte es nicht meiner Frau oder dem Kind zukommen lassen... Einige Monate bin ich noch ins Büro gegangen. Ich hab immer Geschenke mitgebracht und behauptet, sie seien von Monsieur Bastien... Es war so ärgerlich: Ich war ein reicher Mann und lebte immer noch wie ein kleiner Angestellter...

Oft hab ich gedacht, wenn ich im Büro saß und die Leute auf der Straße vorbeigingen, wie glücklich die doch sind, die über ihre Zeit frei verfügen können...

Und um es so machen zu können wie sie, habe ich gekündigt... nur durfte es meine Frau nicht wissen. Ich mußte mir allein die Zeit vertreiben... Ich habe angefangen, Billard zu spielen. Ich bin in die kleinen Cafés weit weg vom Stadtzentrum gegangen...

Wenn zu Hause was fehlte, mußte ich mir eine List ausdenken, damit sie geglaubt haben, daß es ein Geschenk von Monsieur Bastien war...

Der Vormittag war am schwierigsten, weil ich nicht wußte, wohin, und ich habe niemand zum Kartenspielen gefunden...

Also bin ich nach Paris gefahren. Ich habe ein Zimmer gemietet, neue Kleider angeschafft... ich bin ins Kino gegangen, ins Theater... Aber ich schwöre Ihnen, ich hab mir kein Amüsement geleistet...

Auch das Auto... ich habe immer Angst gehabt, daß ein Unfall passiert und ich erwischt werde...

Ich bin ganz froh, daß es zu Ende ist... Sophie, verzeih mir... ich bitte auch Monsieur Bastien um Verzeihung...«

Er ließ vollständig resigniert den Kopf sinken.

»Ich hab genau gewußt, daß es nicht ewig so weitergehen kann, daß ich über etwas stolpern würde, *aber was sollte ich machen*?«

»Sind Sie bereit, Ihr Geständnis vor dem Untersuchungsrichter zu wiederholen?«

»Wenn Sie wollen...«

»Charles! Wie konntest du nur...«

In der Küche auf dem Fußboden saß ein kleiner Junge, der sich vergeblich bemühte, Spaß an seinen Klötzchen zu haben, und den der Geruch von angebrannten Bohnen störte.

Er sah, wie sich die Tür öffnete. Der Kommissar war sehr freundlich.

»Da Sie einverstanden sind, ist es das Beste, wenn wir zusammen gehen...«

Im Korridor wandte sich Charles Boutet zu der verglasten Küchentüre um.

»Gute Nacht, mein Sohn!« sagte er.

»Papa!«

Aber die beiden Männer gingen schon fort, und Sophie nahm das Kind in die Arme und stammelte:

»Papa ist weggegangen... Nun werden wir beide lange Zeit allein sein...«

Ihre Wangen waren naß und salzig. In den Hauseingängen und auf der Straße standen Leute. Es war ein eigentümlicher Abend in der so leer wirkenden Küche.

»Wo hat er das Auto hingetan?«

»Sprich nicht davon...«

»Warum?«

Am nächsten Morgen kamen drei Männer mit dem kurzatmigen Kommissar und durchsuchten das Haus bis zur Wäsche in den Schränken.

»Geh spielen, Emile...«

Die Straße war durch die Grenze zwischen Licht und Schatten in zwei Hälften geteilt. Der kleine Corbion. Er war wirklich zu klein, um etwas zu verstehen.

»Warum hat man deinen Papi mitgenommen?«

»Weil er gestohlen hat!«

Das Wort hatte er zufällig aufgeschnappt.

»Er hat ein Auto gestohlen...«

»Jojo! Jojo!... Willst du wohl sofort heimkommen...«

Es war Madame Corbion, die ihren Sohn rief, und sie schüttelte ihn:

»Ich hab dir heut morgen verboten, mit dem da zu spielen...«

Große Leere. Kindheitserinnerungen reihen sich nicht immer bruchlos aneinander. Der Umzug. Der Zug. Eine andere Stadt. Eine Zweizimmerwohnung in einer engen Straße, in der es nach Armut roch. Die Schule. Aber es war keine Schule mit roten Ziegelmauern, wo im Hof in der Pause die Kinder fröhlich lärmten. In der Umgebung standen Fabriken, da war nicht mehr der vertraute Ton der mechanischen Säge von Halkin.

Ein Jahr, zwei Jahre...

Eines Tages wartete ein Mann auf ihn, als er aus der Schule kam, mit einem Stoppelbart über der ganzen unteren Gesichtshälfte und mit traurigen Augen.

»Erkennst du mich nicht?«

Und er, die Augen starr auf dieses Gesicht gerichtet:

»Papa...«

»Wir ziehen nochmal um... Mama wird nicht mehr außer Haus arbeiten müssen.«

»Und das Auto?«

»Es gibt kein Auto mehr, verstehst du? Es hat nie ein Auto gegeben... Warst du lieb zu deiner Mama, während ich weg war?«

»Ja...« Aber sie wohnten nicht mehr in ihrer Stadt, in ihrer Straße mit Licht und Schatten und den vertrauten Geräuschen. Auch das Land ringsum war nicht mehr dasselbe.

»Was macht dein Vater?«

Er hätte gern geantwortet: »Er ist Versicherungsdirektor...« Aber es stimmte nicht mehr. Was machte sein Vater? Er ergriff einen anderen Beruf. Sie zogen noch einmal in eine andere Stadt. Es gab Streitereien.

»Wenn einer imstande ist, zu machen, was du gemacht hast...«

Und deshalb blieb die Erinnerung an die Rue Pasteur an einem gewissen Morgen, kurz vor der Schulpause, an die Milchfrau am Ende der Straße und an Onkel Nicolas, wie er um die Ecke kam, so wunderbar.

»Was macht dein Vater?«

Doudou antwortete stolz:

»Er *war* Versicherungsdirektor..., er *hatte* ein Auto...« Und eine hufeisenförmige Krawattennadel mit kleinen Rubinen darauf...

Und am Sonntagmorgen, die Hand in der Hand seines Vaters, ging er in die Bäckerei Montussier, ein St. Honoré kaufen, das er zärtlich an seinem rosa Bändchen hielt...

»Später wirst du es verstehen!« sagte man zu ihm.

Der Mann mit dem Bart

Anfangs waren die beiden Freunde noch vorsichtig. Um halb zehn Uhr abends ging Nicolas, der ständig verschnupft und bis zur Nase in einen riesigen, babyrosa gestrickten Schal gehüllt war, die hundert Schritte auf dem linken Gehsteig der Rue de Turenne entlang. Es war ein wenig wie ein Lotteriespiel. An manchen Abenden mußte er fast gar nicht warten, an anderen wieder mußte er sich eine gute Stunde lang die Beine vertreten, während er das Licht in den Fenstern eins nach dem anderen erlöschen sah.

Von den Lichtern war nur eins von Bedeutung, ein etwas rötliches im zweiten Stock der Nummer 37. Wenn es zweimal aus- und zweimal kurz hintereinander wieder anging, stellte Nicolas augenblicklich sein Gebaren eines umherirrenden Hundes ein, überquerte die Straße und läutete an der Tür, deren Klingel auch sogleich anschlug.

Zu dieser Zeit schlief die Concierge noch nicht. Meistens war sie ganz hinten in der Pförtnerloge damit beschäftigt, die Windeln ihres Babys einzuweichen. Sie wandte kaum den Kopf, die heimkehrenden Mieter kümmerten sie wenig.

Nicolas ging schnell vorbei, in schräger Haltung, damit man sein Profil nicht sehen konnte. Er schlüpfte ins Treppenhaus und blieb im ersten Stock einen Augenblick stehen, um sich die Schuhe auszuziehen und sie dann in der Hand zu tragen; sie waren fast immer durchnäßt.

Das Licht ging aus, kurz bevor er den zweiten Stock erreichte. Rechts stand eine Tür halboffen, eine häßliche schmale braune Tür; sie führte in eine Wohnung voll angenehmer Wärme und Küchendüfte.

Lautlos trat er ein und schlich sich auf Zehenspitzen durch den dunklen Vorraum, während sein Freund Paul hinter ihm die Tür wieder zumachte und den Riegel vorlegte.

Etliche Male fragte hinter einer Tür eine Frauenstimme beunruhigt:

»Was machst du, Paul?«

»Nichts, Tante. Ich vergewissere mich nur, daß der Riegel vorgelegt ist!«

Die Wohnung war nicht groß. Ein Zimmer links, dann die Küche; hinten war eine winzige Kammer in ein Badezimmer umgewandelt worden, und die Badewanne, obwohl ein kleines Modell, nahm den ganzen Raum ein; schließlich noch ein Zimmer rechts, das auf den Hof ging. Das war das Zimmer der Tante. Das schöne vordere Zimmer hatte sie großartigerweise an Paul abgetreten, was die Lichtsignale überhaupt erst ermöglicht hatte.

Jeden Abend zitterte Paul während des heiklen Einschleusens, und es war jedesmal ein blasses und verzerrtes Gesicht, das Nicolas zu sehen bekam, wenn sich die Zimmertür hinter ihnen schloß.

In Wirklichkeit hatte Paul das gar nicht gewollt, er war nie recht einverstanden gewesen mit dieser Einschmuggelei, die sich erst zufällig ergeben hatte, dann zur Gewohnheit geworden war und bald von Nicolas als ein angestammtes Recht angesehen wurde.

Es war ein ganz dummer Zufall gewesen. Eines Abends kamen sie aus dem kleinen Café am Montmartre, wo sie sich immer zu viert oder zu fünft versammelten, alle aus Lille, wo sie Freunde gewesen waren, und alle fühlten sich mehr oder weniger als Künstler und zu hohem berufen.

»Wo gehst du hin?« hatte Paul gefragt, der in Paris bei einer Schwester seiner Mutter wohnte.

»Keine Ahnung.«

»Hast du dein Hotel in der Rue des Dames aufgegeben?«

»Schon vor drei Tagen.«

»Na, und wo schläfst du jetzt?«

»Nirgendwo.«

Nicolas sagte das mit unwiderstehlicher Selbstverständlichkeit. Er ging ganz ruhig, wie ein Mann, der ein bestimmtes Ziel hat, und dabei...

»Und die drei Nächte...?«

Eine Geste ohne jede Gemütsbewegung, in die Straßen hinein, in denen die Gaslaternen blinkten.

»Bei der Kälte?«

Ein Zucken mit den Schultern. Es war eben so.

»Ich begleite dich ein Stück«, murmelte er dann, »... ist es weit zu deiner Tante?«

»Rue de Turenne...«

Der andere sah aus, als würde er sich sagen: ›Dann eben in die Rue de Turenne!‹ – wie ein streunender Hund, der den ersten besten, der ihm entgegenkommt, schweigend als seinen Herrn akzeptiert.

Er fragte:

»Ist sie reich, deine Tante?«

»Nein. Sie ist die Witwe eines Eisenbahnbeamten, und sie hat eine kleine Rente.«

»Hast du ein Zimmer für dich ganz allein?«

»Sicher...«

Das war alles. Er fragte nach nichts. Er blieb vor der Tür stehen. Es fiel ein dünner, schwarzer und kalter Regen, und da der andere weder weiterging noch auch um etwas bat, schlug Paul vor:

»Komm mit rauf... meine Tante schläft sicher schon... nur, vor sieben mußt du weg...«

Im Treppenhaus hatte er ihm geraten, seine Schuhe auszuziehen. Er hatte seiner Tante durch eine Türe zugerufen:

»Ich bin's...«

Nicolas hatte in dieser Nacht darauf bestanden, auf dem Fußboden zu schlafen, ganz angezogen, mit der Beteuerung, er schliefe besser so. Um sieben Uhr war er gegangen. Dann, am Abend, hatte ihn Paul wieder an der Straßenecke getroffen.

»Wo gehst du hin?«

»Ich weiß nicht... ich hab was in einem Kellerloch in den Hallen gefunden, aber sie haben mich vor die Tür gesetzt, weil ich zum Chef gesagt habe, daß er falsch singt... ich kann doch nicht jemanden am Klavier begleiten, der falsch singt...«

»Hast du was gegessen?«

Wieder eine matte Geste, die ausdrücken sollte, daß das ohne jede Bedeutung sei.

»Und zum Schlafen?«

Dieselbe Geste.

»Gut... ich muß jetzt heim... wenn meine Tante im Bett ist, mach ich die Lampe aus und zweimal wieder an... ich zeig dir das Fenster... du brauchst dann nur raufzugehen...«

Nicolas kam herauf und streckte sich auf dem Boden auf einer Decke aus, und diesmal zog er seine Schuhe und seine durchlöcherten Socken aus.

»Die sollen inzwischen trocknen, verstehst du!«

Um sieben Uhr hatte Paul einige Mühe, ihn wach zu bekommen, und Nicolas schien nicht sehr erfreut über die Hartnäckigkeit, mit der er hinausgedrängt wurde, während zu hören war, wie sich die Tante im Bett herumdrehte.

»Bis heute abend...«, kündigte er an.

Das ging vielleicht acht Tage so, vielleicht auch neun. Das schwierigste – und es wurde immer schwieriger – war, ihn morgens wachzukriegen. Eines Tages war nichts mehr zu machen.

»Nein, mein Lieber... das ist unmenschlich... Was glaubst du, soll ich draußen um diese Zeit machen? Du wirst sehen...«

Und er rutschte unter das Bett, ganz nach hinten an die Wand, und zog seine Socken und Schuhe hinterher.

»Deine Tante sieht mich nicht... sie geht ja sicher einkaufen, und dann kann ich weg... laß mir den Schlüssel da...«

Paul hatte sich dem Journalismus verschrieben und war Reporter in Roubaix gewesen. Jetzt arbeitete er, bis er etwas Besseres fand, als Korrektor in einer kleinen Druckerei in der Börse. Er ging um halb neun weg, wenn er mit seiner Tante Milchkaffee und Hörnchen gefrühstückt hatte.

Es gab keine Zentralheizung in der Wohnung. Die Zimmer wurden durch den Herd in der Küche gewärmt, und deshalb blieben die Türen alle offen.

Es beunruhigte Paul, Nicolas unter dem Bett zu wissen, ihn hier mit seiner Tante zurückzulassen... aber was tun?

An diesem Tag ging alles gut. Nicolas sah nur die Pantoffeln und die etwas angeschwollenen Knöchel der guten Tante, während sie das Bett machte und das Zimmer kehrte.

Gegen zehn Uhr ging sie weg, wie er erwartet hatte, und kurz darauf verschwand er, nicht ohne den Kaffeesatz aus der Kanne geleert und sich noch zwei Stückchen Zucker in die Tasche gesteckt zu haben.

Die Concierge war im Korridor. Sie sah ein wenig erstaunt den jungen Mann an, seine schäbigen Kleider, den zartrosa Schal und die dichte rote Löwenmähne, aber er grüßte sie mit solcher Natürlichkeit, daß sie vergaß, sich über ihn Gedanken zu machen.

Am Abend war Nicolas so erkältet, daß Paul ihm

Platz in seinem Bett machte und ihm erlaubte, sich auszuziehen. Auch am nächsten Morgen hatte Nicolas Glück. Beim Frühstück kündigte die Tante an:

»Leider hat es gefroren. Ich muß Madame Micou in Grenelle besuchen und komme wahrscheinlich nicht vor Abend zurück.«

Paul ahnte schon, was geschehen würde. Und so geschah es auch. Warum sollte Nicolas weggehen, wenn er eine gutgeheizte Wohnung und ein Bett hatte?

Kaum war die Tante fort, stand Nicolas auf, ging in Unterhosen in die Küche, legte den Ofen nach, kochte sich ein Ei und aß es mit einem schön dick bestrichenen Butterbrot. Wonach er den Ofen noch einmal nachlegte, in *sein* Bett zurückkehrte und wieder einschlief. Er hatte den Wecker auf drei Uhr gestellt, und um vier, nachdem er sich aufgewärmt und etwas Zucker genascht hatte, nahm er, da er sich nicht mehr sicher fühlte, seinen Platz unter dem Bett wieder ein. Dort fand ihn Paul.

»Du bist nicht weggegangen?«

»Wozu?«

»Hast du was gegessen?«

Eine unbestimmte Geste, seine unbestimmte Geste, die so beredt war, daß der andere nicht widerstehen konnte und ihm beim Metzger gegenüber zwei kleine Schinkenbrote holte.

Schade, daß die Tante nicht jeden Tag wegging! Aber jedenfalls schlief Nicolas nun jeden Tag bis in die Puppen, unter dem Bett, und ging erst weg, wenn die Tante im Viertel ihre Einkäufe erledigte.

Jedesmal, wenn die Concierge ihm begegnete, fuhr sie zusammen und runzelte die Stirn, wie jemand, der sich fragt: ›Wo zum Teufel habe ich das Gesicht schon mal gesehen?‹

Um so mehr, als Nicolas, der in bezug auf seine Toilette recht nachlässig war, beschlossen hatte, sich den Bart wachsen zu lassen.

Manchmal fragte die Concierge einen Mieter:

»Ist jemand für Sie gekommen, Madame Roy?«

»Ich habe niemand gesehn...«

»Dann muß es im fünften Stock sein...«

Oder im dritten... oder...

Er grüßte höflich, mit entwaffnender Selbstverständlichkeit, und schlüpfte hinaus auf die Straße, wo er jeden Tag mit demselben entschlossenen Schritt einige Kilometer Trottoir abschritt.

»Weißt du, mein Lieber, ich glaube, nächste Woche werde ich dich verlassen...«

Er kündigte es schüchtern an, behutsam, wie eine schlechte Nachricht.

»Es wird drüber gesprochen, daß ich eine Operettentournée begleiten soll, die einen Pianisten braucht... der Süden, dann die Pyrenäen...«

Manchmal murmelte die Tante:

»Hast du Zucker genommen, Paul?«

»Ja, Tante...«

»Komisch... ich weiß nicht, ob mein Gedächtnis nachläßt, aber mir scheint immer, mir fehlen Eier...«

»Ach weißt du, manchmal... manchmal schlürfe

ich eins aus, wenn ich heimkomme oder weggehe...«

»Ich dachte, du magst keine rohen Eier...«

Natürlich brach Nicolas nicht zur Tournée auf, er sprach auch nie mehr darüber. Was Paul noch mehr störte, war das Gefühl, daß sein Freund gar keine Arbeit suchte und überhaupt keine Lust hatte, sich nach einer neuen Wohnung umzusehen.

Er mußte doch vor Hunger umkommen. Es ist schließlich kein Spaß, unter einem Bett zu schlafen und tagsüber endlos durch das winterliche Paris zu laufen.

Es war also nicht Faulheit... aber was war es dann?

Paul fühlte unbestimmt, daß es etwas anderes war, etwas, das er nur unbestimmt ahnte und das ihn in Besorgnis versetzte.

Nicolas hatte sich an die Situation gewöhnt! Er hatte seine Uhrzeiten, seine paar Gewohnheiten. Er hatte sich eine kleine Welt geschaffen, und an der hielt er fest; er hatte bei Gott durchaus keine Lust, sich daraus wieder vertreiben zu lassen.

Und die Tante... konnte man sagen, zwischen ihr und Nicolas habe sich eine gewisse Intimität entwickelt? Nicht von ihr aus gesehen, sie wußte ja nichts von der Existenz ihres Gastes. Aber von ihm aus gesehen.

Er sah ihre malvenfarbenen Pantoffeln näherkommen und ihre ein wenig dicken Knöchel. Er hörte sie ein Liedchen summen und Selbstgespräche führen.

Sie setzte sich zwei Meter von ihm entfernt auf einen Stuhl, wenn sie das Bett gemacht hatte, um sich an den Fußsohlen zu kratzen. Am Samstag machte sie sich Wasser heiß für ein Bad, und er hätte sie, wenn er das gewollt hätte, durch das Schlüsselloch beobachten können.

»Weißt du, daß sie eine brave Frau ist?« sagte er in ernstem Tonfall zu Paul.

»Ja, ich weiß...«

»Und sie ist fröhlich, mein Lieber! Wenn sie ganz allein ist, ist sie sehr fröhlich...«

»Sag bloß!«

»Bei dir macht sie auf streng, weil sie fürchtet, daß du auf die schiefe Bahn gerätst... aber ja! Ich weiß, was ich sage... gestern ist die Concierge raufgekommen und hat ihr die Post gebracht, und sie haben über dich geredet... anscheinend war dein Vater...«

»Was war mein Vater?«

»Nun, er war offenbar nicht immer der Seriöseste... Was hältst du von meinem Bart?«

Und ein andermal: »Sag mal, würdest du es für möglich halten, daß die Concierge schon so an mich gewöhnt ist, daß sie mich auf der Treppe grüßt? Sie hält mich langsam für einen Mieter... wenn ich reich wäre, würde ich ihr ein Geschenk machen...«

Eines Abends fragte die Tante ihren Neffen:

»Warst du untertags zu Hause?«

»Nein, Tante, ich glaube nicht...«

»Was, du glaubst nicht...«

»Ich möchte sagen...«

»Gib doch zu, daß das seltsam ist... ich habe Seifenwasser in einer Schüssel aufgehoben, um Strümpfe zu waschen... und als ich vom Einkaufen heimkam, war es nicht mehr da... ich bin doch noch nicht so alt, daß ich mein Gedächtnis verliere...«

Etwas später fragte Paul Nicolas:

»Hast du das Seifenwasser von meiner Tante genommen?«

»Hat sie es gemerkt? Ich habe meine Wäsche gewaschen, stell dir vor...«

»Hä?«

»Ich wußte, daß sie viele Einkäufe zu erledigen hatte... das hab ich ausgenutzt. Ich hab mich langsam geekelt. Ich hab vielleicht gestunken, mein Lieber!«

»Fehlt nur noch, daß du dir in der Badewanne ein Bad heiß machst...«

Unklug wie er war! Wenn er geahnt hätte, wie nervös die Aussicht auf ein heißes Bad seinen Freund seit Wochen machte!

Und die Gelegenheit bot sich! Eines Morgens sprach die Tante davon, das Grab ihres Mannes im Père-Lachaise zu besuchen. Warum, gewarnt durch welchen Instinkt, versuchte Paul sie davon abzubringen?

»Es ist Glatteis... du gehst besser ein andermal hin, Tante...«

»Schon eine Woche lang nehme ich es mir vor... Gerade bei diesem Wetter ist es auf dem Friedhof so traurig...«

Und sie ging. Sie nahm die Metro Rue Saint-Antoine und stieg nach zwei Stationen wieder aus. Sie war unruhig. Sie begann wirklich, sich über ihr Gedächtnis Sorgen zu machen. Hatte sie am Ende vergessen, das Gas abzudrehen? Sie wollte sichergehen und kehrte um. Kaum hatte sie die Eingangstür geöffnet, gab es keinen Zweifel mehr. In der Wohnung schwebte Dampf, ein warmer Geruch, wie nach Lauge, griff ihr an die Kehle...

Sie lief in die Küche... Als sie am Badezimmer vorbeikam, sah sie durch die offene Tür in der Zinkbadewanne einen Mann. Einen roten Bart, der auf Seifenwasser schwamm, und einen wirren roten Haarschopf.

Als Paul an diesem Abend nach Hause kam, fuhr er erst zusammen, dann wurde er bleich. Seine Tante und Nicolas saßen unter der Lampe am Tisch. Er war auch durch das Augenzwinkern nicht beruhigt, das ihm sein Freund zuwarf.

»Komm rein, Paul«, sagte die Tante mit ziemlich strenger Stimme, »wie du siehst, kommt alles einmal heraus. Es war nicht recht von dir...«

»Entschuldige«, stotterte er, wie es ihm gerade einfiel.

»Dein Freund hat mir alles erzählt... ich mach dir keinen Vorwurf, obwohl du ihn verdient hast... im Grunde hattest du ja ein gutes Herz...«

Sie füllte ihm Suppe in den Teller.

»Iß...«

»Wie hast du...«

»Nicht wichtig... reden wir nicht drüber... für mich gibt es nur eins: Dein Freund ist unglücklich, und wir können ihm noch ein paar Tage lang helfen... auf dem Speicher ist noch ein altes Feldbett, das stellen wir gleich in dein Zimmer...«

Nicolas aß, wie Paul noch nie jemanden hatte essen sehen. Er war derart beschäftigt mit diesem ungemeinen Vorgang, daß er nichts hörte, nichts sah, sich nicht am Gespräch beteiligte.

»In Zukunft hast du mehr Vertrauen zu mir, und in solch einem Fall... Trinken Sie etwas Wein, Monsieur Nicolas, das stärkt... wenn ich denke...«

Sie war nur eine gute kleine Frau, einfach und gefühlvoll, die sich Gedanken machte, ob sie genug Decken hatte, wo sie den Speicherschlüssel hingetan hatte...

»Geh mit mir rauf, das Feldbett suchen... warten Sie ein paar Minuten, Monsieur Nicolas...«

Beim Schein der Kerze tappten sie zwischen den unwahrscheinlichsten Gegenständen und Spinnweben herum.

»Wenn ich denke, was der arme Junge wohl durchgemacht hat!... Und du denkst überhaupt nicht daran, daß ich, ohne es zu ahnen, ganz in der Nähe von einem Mann lebe, daß ich manchmal unangezogen durch den Gang gehe, daß ich... du bist unvernünftig, Paul. Nun ja, jetzt...«

Sie kamen wieder herunter – und blickten erstaunt um sich. Paul rief:

»Nicolas! Nicolas!«

Nicolas war fort. Ohne etwas zu sagen.

»Was hat ihn denn gepackt?«

»Ich weiß nicht... ich frage mich... weißt du, er ist ein bißchen scheu...«

»Du glaubst, daß er aus Schüchternheit...«

Es war besser, das zu bejahen.

Aber es stimmte nicht. Das fühlte Paul. Es war ganz einfach so, daß die Sache keine Anziehung mehr hatte. Da ging er lieber durch die Straßen, streckte sich auf einer Bank aus oder zog durch die schummrigen Cafés.

Paul sah ihn am übernächsten Tag in ihrem Bistro am Montmartre. Er war verärgert. Nicolas keineswegs.

»Hör mal, mein Lieber, du bist vielleicht ein Lümmel. Meine Tante macht sich die Mühe, ein Bett runterzuschleppen und dich in meinem Zimmer unterzubringen. Die brave Frau erlaubt dir...«

»Na und? Du würdest doch wohl nicht wollen, daß ich eure Gastfreundschaft annehme?«

Beinahe hätte Paul über den Zucker gesprochen, über die ausgeschlürften Eier, das Brot, über die Waschlauge... und über das Feuer, das sie immer glühend vorgefunden hatten, obwohl keiner nachgelegt hatte...

Die Stimme versagte ihm. Das war ihm zu kompliziert. Er war so voll Groll gegen Nicolas, daß er die ganze Bande in ein anderes Café schleppte, um den Musiker zu hintergehen. Aber er wußte eigentlich nicht recht, warum er das tat.

Emile und sein Schiff

I
Der Blickwechsel und die Zigarren

Fast immer ist es schwierig, wenn nicht gar unmöglich, herauszufinden, wie und vor allem wann etwas seinen Anfang genommen hat; aber er wußte es, auf die Minute, ja fast auf die Sekunde genau.

Er mußte unaufhörlich daran denken, düster, verbissen, wie ein Mann, der im besten Alter sich plötzlich von einer heimtückischen Krankheit befallen sieht. Wie war ihm der Gedanke in den Kopf gekommen?

Denn es ging nicht um Mikroben. Es ging um einen Gedanken. Auch ein Gedanke beginnt als ein winzigkleines, belangloses Etwas, dem man keine Beachtung schenkt. Dann sieht man es von Zeit zu Zeit an, mit dem Gefühl, daß es wächst, daß es sich ausdehnt. Man bemüht sich, es zu verdrängen. Es ist ein wenig so, wie wenn man ein Bläschen hat und sich kratzt; es wird mit zunehmender Schnelligkeit größer, und eines schönen Tags muß man beim Doktor läuten.

Nur gab es für ihn keinen Doktor.

Es hatte genau in dem Augenblick begonnen, als

er seine Unterschrift unter den maschinengeschriebenen Kaufvertrag setzte.

»Alle Vornamen?« hatte er den Notar gefragt, Monsieur Chave, der ihm Stück für Stück die Papiere zuschob.

»Einer genügt, und den Familiennamen.«

Er schrieb breit und dick, mit dem ganzen Gewicht seiner Person. Emile Bouet.

»Hier Ihr Zeichen... hier auch... und noch ein letztes unter diese Seite...«

Das war's. Er hob wieder den Kopf. Und genau in diesem Augenblick fing er einen Blickwechsel auf zwischen dem Notar und Monsieur Larmentiel.

In der Sekunde, als es geschah, legte er dem keine Bedeutung bei. Er war sehr zufrieden, oder vielmehr: Er hatte ein gewaltiges Hochgefühl, denn schließlich erlebte er einen Moment, wie ihn nur wenige Leute erleben.

Oder hatte man in Fécamp schon mal einen Mann gesehen, der an Bord eines Schiffes von Monsieur Larmentiel als Schiffsjunge angefangen hatte und nun seinen Salon betrat? Nicht das dunkle Fischereibüro neben dem Zoll, nein!

Dort waren sie alle schon mal gewesen, wenn auch nur am Lohntag.

Es war im großen Haus am Quai, direkt im Salon, und wenn sich Emile nun dort befand, dann war er fast ein Gleichgestellter, mehr als das, er war der Mann, dem man Freundlichkeiten entgegenbrachte, denn er war ein Käufer. Er kam wahrhaftig und unterschrieb mit seinem Namen, mit dickflüssiger Tinte, um der Besitzer der »Deux-Frères« zu werden, des besten Schiffes der Larmentiel.

Warum warfen sich Monsieur Larmentiel und der Notar Chave heimlich einen Blick zu? Emile kam es so vor, als wolle der Notar mit seinem Blick sagen: »Jetzt können Sie...«

Monsieur Larmentiel wandte sich zum Kamin und sagte:

»Sie rauchen doch eine Zigarre?«

Sollte man glauben, daß derart kleine Dinge von Wichtigkeit sein können? Und doch geht alles auf sie zurück. Auf der Kaminecke stapelten sich mehrere Schachteln Zigarren. Der Reeder wählte eine aus, die größte, die sehr dicke Zigarren mit Bauchbinde enthielt.

Wieder ein unglaublicher Moment, wenn man bedenkt. Beim alten Larmentiel, bei dem Emile angefangen hatte, dem Vater von Monsieur François, der jetzt vor ihm stand, wäre das unmöglich, ja unvorstellbar gewesen. Daß er einem seiner Kapitäne eine Prise Tabak anbot, draußen oder im Büro, das immer nach Salzlauge roch, das ging noch an. Einmal im Jahr vielleicht! Nach einem außergewöhnlichen Fischfang oder wenn wie durch ein Wunder ein Schiff zurückkehrte, das man verschollen geglaubt hatte.

Aber nein! Hier waren sie im Salon. Und es drehte sich um die besten Zigarren. François Larmentiel lächelte ihm aufmunternd zu, und als Emile das Ende seiner Zigarre abgeschnitten hatte, hielt er ihm ein brennendes Streichholz hin.

Emile war knapp 38 Jahre alt. Niemand hatte ihm geholfen. Im Gegenteil, könnte man sagen. Das Leben war denkbar hart mit ihm umgesprungen. Sein Vater war vielleicht ein guter Fischer gewesen, aber er war nie an Land gekommen, weil er, kaum war er von Bord gegangen, schon seinen Anteil vertrunken hatte. Seine Mutter arbeitete in der Konservenfabrik und jammerte immerzu. Von einem Jahr aufs andere war sie mit Furunkeln übersät gewesen.

Also! Das war er, Emile, der soeben das beste Schiff der Larmentiel gekauft hatte und nun bei ihnen saß. Ihn hatten sie gebeten, in einem goldgelben Fauteuil Platz zu nehmen. Der Notar fragte ihn nach einem neuerlichen Blick auf François Larmentiel:

»Immer noch nicht verheiratet?«

Er wurde rot, wegen Fernande. In diesem Augenblick begriff er noch nicht, worum es ging. Er überlegte, warum der Notar ihm diese Frage stellte, wo doch alle Welt in Fécamp wußte, daß er mit Fernande ging. Hatte er sich nicht schon oft genug damit gebrüstet?

Später würden ihm alle diese Einzelheiten wieder einfallen. Der graue Himmel. Die drei Fenster zum Quai, auf dem gerade Wagen entladen wurden; am Vortag war ein Kabeljaufänger aus Grönland angekommen. Die dicken Vorhänge an den Fenstern und der etwas dumpfe Geruch im Salon.

Der Notar, Monsieur Chave, war für Emile immer eine außerordentlich achtbare Persönlichkeit gewesen, einer von den Leuten, an die ein Mann wie er kaum das Wort zu richten wagte. Nun saß Monsieur Chave vor ihm, mit vertraulichem und zugleich ein wenig zweideutigem Gesichtsausdruck und mit einem seltsamen Lächeln auf den Lippen.

»Ein großartiges Weibsstück, was?« sagte er.

Na und? Wo wollten sie hinaus? Gewiß, Fernande war die schönste Frau in Fécamp, und überhaupt. Alle Welt wußte das. Und alle Welt wußte, wo sie herkam, woher er sie geholt hatte: aus dem Bordell.

Es war, als wartete François Larmentiel, der kahlköpfige Gentleman mit den verhaltenen Gesichtszügen, auf etwas und überließe seinem Statisten die Aufgabe, den ersten Schritt zu tun.

»Sie sind nun ein gewichtiger Mann, Bouet. Wie alt sind Sie genau?«

Der Notar wußte, wie alt er war, er hatte ja eben vorhin sein Geburtsdatum in den Kaufvertrag eingetragen!

»Achtunddreißig...«

»Möchten Sie nicht heiraten?«

Das klang alles falsch. Er war jetzt sicher, daß es ein abgekartetes Spiel war und die Schauspieler, mehr oder weniger gut, ihre Rollen herunterspielten.

»Doch bestimmt nicht Fernande. Ich nehme jedenfalls an, daß Sie nicht daran denken, Fernande zu heiraten...«

Er quetschte ein Nein zwischen den Zähnen hervor. Er war es noch nicht gewöhnt, er war befangen und zog linkisch an seiner Zigarre.

François Larmentiel war dran. Er sagte scherzhaft:

»Es scheint, daß es nicht immer ganz klappt mit ihr und Ihnen...«

Er verprügelte sie. Wozu davon reden, wenn es allen bekannt war? Er prügelte sie, wenn sie zu Hause waren, sie schrie so laut, daß das ganze Viertel alarmiert wurde. Und er schlug sie draußen, im Café oder auf der Straße.

Sie war eine Schlampe, eine Oberschlampe. Sie betrog ihn. Es war stärker als sie. Mit jedem, der daherkam. Und er schlug sie, vielleicht weil er eifersüchtig war, vielleicht auch einfach nur, weil er stolz war, wenn die Leute sagten:

»Emile hat Fernande mal wieder 'ne Tracht Prügel verpaßt...«

So ging das schon seit fünf Jahren. Es hatte zu einer Zeit begonnen, als ihm nie die Idee gekommen wäre, daß er eines Tages Besitzer eines Motorfischerbootes sein könnte.

Damals war er nur Emile, einer der beliebtesten Vormänner bei den Fischern, einer der stärksten Kerle, ein Raufbold. Fernande war bereits berühmt. Man ging nur wegen ihr ins Puff. Man schlug sich um sie.

Er war hingegangen wie die andern auch. Und er hatte ihnen einen Streich gespielt, hatte ihnen Fernande weggeschnappt und sie für sich behalten. Wenn man das sagen kann...

»Denken Sie nicht daran, in ein anderes Haus zu ziehen?«

Er fühlte unbestimmt, daß die beiden Männer ihre eigenen Gedanken hatten, aber er maß dem keine Bedeutung bei, und er antwortete mit einer gewissen Naivität, denn im Grunde war er so naiv wie schlau:

»Vielleicht...«

Er bewohnte ein schmales Häuschen in der Rue d'Etretat, mit vier Zimmern, zwei im Erdgeschoß, zwei im ersten Stock. Manchmal, wenn Fernande gerade Lust hatte, war es so sauber wie ein holländisches Haus, dann aber wieder wohnten sie darin in einer unglaublichen Schlamperei, wie in einem Schweinestall. Also? Was wollten sie?

»Ich hätte Ihnen sonst etwas vorzuschlagen, ein Steinhaus auf dem Quai, nicht weit von hier...«

»Ich sag nicht nein... wir werden sehn...«

Noch einmal wechselten sie einen Blick. Monsieur Chave, ganz in Schwarz gekleidet, mit leuchtend weißer Hemdbrust und aufgestecktem Kragen, rauchte eine Zigarre, während sich François Larmentiel mit einer Zigarette begnügte. Aus Sparsamkeit?

Er war genauso groß wie sein verstorbener Vater, leicht gebeugt und mit kahler Stirn. Er kleidete sich nicht wie die anderen Reeder, in grobes blaues Tuch, mit Stiefeln oder Überschuhen, sondern eher wie die Schloßbesitzer in der Umgebung. Er besaß auch ein kleines Schlößchen, bei Criquetot, und es hieß, dort wohne eine Frau, eine Fremde, die manchmal im Park zu sehen war, die aber nie einen Schritt nach Fécamp hinein machte.

Seine Ehefrau, Madame Larmentiel, wohnte hier in seiner Wohnung. Sie war schon seit Jahren gelähmt. An einem der Fenster konnte man hinter den Fenstergardinen immer undeutlich ihr mattes Gesicht erkennen, wenn man auf dem Quai vorbeiging.

»Na!« stieß Larmentiel plötzlich hervor – Emile war immer überzeugt, daß der Notar, Chave, das Zeichen dazu gegeben hatte –, »wollen wir was trinken? Ein Kaufvertrag, das muß begossen werden, nicht wahr, Bouet...?«

Er öffnete die Tür mit dem auf Hochglanz polierten Kupferknauf, verschwand einen Augenblick und kam dann wieder zurück.

»Es wird sofort serviert...«

Seitdem er geboren war, hatte Emile den Namen Larmentiel aussprechen hören, nicht wie einen gewöhnlichen Namen, sondern wie den einer Gottheit. Die einzelnen Silben waren ganz andere Silben als alle anderen.

Auch das Haus am Quai des Belges war nicht ein Haus wie jedes andere. Als ganz kleines Kind hatte er es, wenn er daran vorbeiging, ein wenig so betrachtet, wie man eine Kirche betrachtet.

Gewiß, es war Zeit vergangen. Der alte Larmentiel, der die Gewohnheit hatte, seinen Kapitänen ab und zu mit seinem Ebenholzstock Schläge zu versetzen, war tot. Monsieur Edmond, der jüngere Bruder, war irgendwo in Ozeanien, in Tahiti, so hieß es, wo er fast nackt mit den Eingeborenen lebte.

Die alten Schiffe, die ältesten, die »Ardent«, die »Sans-Entraves«, mit denen Emiles Vater so viele Jahre lang auf Heringsfang gewesen war, faulten am Grund des Hafens.

In der Stadt wurde behauptet, daß das Schloß bei Criquetot mit einer Hypothek belastet sei und daß auch die vier letzten Schiffe verkauft werden würden.

Trotzdem, es war das Haus von Larmentiel, und es war François Larmentiel, Monsieur François, der sich jetzt zur Tür wandte, als sie sich öffnete. Er sagte mit einem seltsamen Lächeln, wobei er nur die Lippen in die Schräge zog:

»Sie kennen meine Tochter Claude?... Emile Bouet. Er hat uns gerade die ›Deux-Frères‹ abgekauft... Ein junger Mann, der es weit bringen wird, wenn er sich weiterhin Mühe gibt...«

Emile war beschämt und wußte nicht, wie er sich verhalten sollte. Er kannte sie natürlich, er hatte sie auf der Straße in ihrem Wagen vorbeifahren sehen.

»Mademoiselle...«

»Was servierst du uns, Claude? Einen alten Calvados? Bouet?... Und Sie, Chave?...«

Mehr passierte eigentlich nicht. Das junge Mädchen bediente sie und spielte ihre Rolle als Frau des Hauses mit lächelndem Gleichmut. Zwei- oder dreimal warf sie dem Seemann einen neugierigen, vielleicht erstaunten Blick zu.

War auch sie sich bewußt, daß hier etwas ganz anderes vor sich ging?

Als Chave, der Notar, ihn hinausbegleitete und

einige Schritte mit ihm auf dem Trottoir entlangging, gab es für Emile keinen Zweifel mehr. Chave nahm ihn mit unerwarteter Vertraulichkeit am Arm und sagte leise zu ihm, wie der Ältere, der einen guten Rat gibt und genau weiß, wovon er redet:

»Glauben Sie mir, mein Freund... es gibt Umstände, die können nicht so bleiben... geben Sie sie auf!«

Den Namen Fernande sprach er nicht aus, natürlich. Aber an wen sonst hätte man denken sollen?

Das also war Emiles Lage, als er genau um sechs Uhr abends mit schwerem Schritt den Quai des Belges entlangging. Ein wenig bedrückt, und dabei hatte er sich von diesem Nachmittag so viel Glück und vor allem so viel Stolz versprochen.

Warum hatte man ihn vor ein Problem gestellt, über das nachzudenken er sich immer grundsätzlich verboten hatte?

Es gab zwei Cafés, kaum dreißig Meter voneinander entfernt. Sein Café war das erste, bei Léon. Es war immer voll und immer laut. Es war das Café für die Fischer und Matrosen. Kein Tag verging, ohne daß er sich hineinsetzte.

Das andere weiter vorn war schwächer und gedämpfter beleuchtet. Es war natürlich für alle offen, da es ja ein Café war, aber nur sehr selten stieß einmal ein einfacher Fischer oder ein Vormann die mattpolierte Glastür auf.

Es war der Treffpunkt der Reeder, Schiffbauer, Motoren- und Schwerölhändler. Es waren nie mehr als fünf oder sechs Leute darin versammelt. Sie rauchten friedlich, unterhielten sich, ohne sich zu ereifern, und spielten manchmal auf einem kleinen roten Tischtuch eine Partie Karten.

Er hätte zu Léon hineingehen sollen, und er wußte sehr gut, daß es nicht recht war, wenn er vorbeiging. Sie warteten darauf, daß er sein neues Schiff begoß, sie wußten ja alle Bescheid.

Aber er ging vorbei und stieß die Tür zu den Goélands auf, wie zur Herausforderung. Er blieb einen Augenblick stehen und betrachtete durch den Pfeifen- und Zigarettenqualm hindurch die Gesichter.

Bei Léon wäre sein Eintreten mit Geschrei begrüßt worden, und er wäre der große Mann gewesen.

Hier betrachteten sie ihn schweigend, und einen Augenblick lang war er versucht, wieder zu gehen. Das hätte jedoch nach einem Rückzug ausgesehen, und so machte er einige Schritte in das Lokal hinein und griff an seine blaue Tuchmütze mit der schwarzen Borte.

»Einen guten Abend der Gesellschaft...«

Er setzte sich hin, streckte die Beine aus und knöpfte sich die Jacke auf, unter der er ein blaues Trikot trug.

»Einen Calvados, Kleine...«

Hier war sein Platz. Logischerweise war jetzt, da er Schiffseigentümer war wie die anderen, hier sein Platz. Er kannte sie alle. Für viele von ihnen war er schon gefahren.

Sie hätten ihn ganz einfach bei sich aufnehmen

können, eine Art kollegiales Verhalten zeigen. Sie hätten nur ein bißchen mit ihren Stühlen zusammenzurücken brauchen, als er hereinkam, und ihm am Tisch Platz machen.

Sie nahmen ihr Gespräch wieder auf, als ob nichts geschehen wäre. So saß er ganz allein da. Als er sein Glas geleert hatte, bestellte er mit einer Handbewegung noch eines, während sich seine Stirn in Falten legte.

Warum kam ihm der Gedanke, daß es Fernandes wegen war, daß sie ihm die kalte Schulter zeigten? Wegen Notar Chave, auch wegen François Larmentiel, und wegen ihrer Geheimnistuerei.

Er saß gut zehn Minuten da, in seine schlechte Stimmung versunken, als Mignelet, der Segelfabrikant, sich halb zu ihm umdrehte und fragte:

»Wann machst du seeklar?«

»Nächste Woche...«

Das hätte der Anstoß zu einer allgemeinen Unterhaltung sein können. Aber man ließ sie fallen.

Um ein weniges hätte er einen kräftigen Faustschlag auf den nach Calvados riechenden Marmortisch niedersausen lassen und sie angeschrien: »Wartet nur, bis ich euch beibringe, wie man es macht! Aha! Für euch bin ich noch zu neu... aha! Es schockiert euch, daß ich mit einer Nutte wie Fernande lebe... Na gut! Wenn es euch Spaß macht, dann ist es der Schwiegersohn von François Larmentiel, ja genau, der Mann von Mademoiselle Larmentiel, der sich hier zu euch setzen wird...

Ja, meine Herren, es ist noch keine halbe Stunde

her, daß man mir sozusagen ihre Hand angeboten hat...«

Das stimmte nicht ganz, aber er fühlte, daß es nicht weit von der Wahrheit entfernt war. Warum nicht? François Larmentiel war ein Schwächling, manche sagten, er sei degeneriert. In drei Jahren, in fünf Jahren würde er kein einziges Schiff mehr besitzen.

Während mit einem Mann wie ihm im Haus, einem Mann wie Emile...

»Einen Calvados, Kleine...«

Er war ans Trinken gewöhnt, es machte seine Gedanken nur noch bestimmter.

Ihm war heiß, vor allem im Kopf. Die ungewohnte Atmosphäre des Cafés lastete auf seinen Schultern, ebenso wie das zweideutige Halbschweigen, das ihn umgab.

»Du brauchst dich nur zu bedienen...«

Er stand auf, ging an ihnen vorbei, griff mit verächtlicher Miene noch einmal an seine Mütze und drehte den Türknopf.

»Auf Wiedersehn«, dachte er bei sich, »wir werden uns noch wiedersehn, keine Angst. Und dann werdet ihr recht froh sein, alle die ihr da sitzt, Emile an eurem Tisch zu haben...«

»Emile! He! Emile...«

Er stand vor Léons Café, die Tür ging auf und seine Kameraden riefen nach ihm.

»He du! Wird's nicht begossen?«

Er trat ein, schwer und breit, so breit wie der Türrahmen, fest auf seinen starken Beinen stehend, und hier fühlte er sich stark, so stark, daß er jeden Beliebigen mit einem Faustschlag hätte niederstrekken können.

»Es wird begossen!« ließ er fallen.

Dann sagte er zum Wirt:

»Mach schon, Léon... für alle... was jeder will...«

Hier war er der große Mann. Zwischen den Lippen hatte er noch ein Stück von Larmentiels Zigarre.

Er spuckte es aus, zerquetschte es mit dem Absatz, und sein in sich gekehrter Blick schweifte umher, über das trübe Spiegelglas, das mit Kreide Angeschriebene, über die durchfurchten Gesichter der Männer, unter die er gehört hatte.

»Sag mal, jetzt, wo du reich bist...«

Er zog die Augenbrauen zusammen. Er fühlte, daß sie wieder über Fernande sprechen würden, und sein Blick wurde hart und drohend.

»Sprich weiter...«

Der andere trat den Rückzug an.

»Ich weiß nicht mehr, was ich sagen wollte... einfach, daß du jetzt Schiffseigner bist...«

»Sag, was du gedacht hast...«

»Ich schwöre dir...«

»Du hast an Fernande gedacht, stimmt's...?«

Er starrte sie alle nacheinander an und trank sein Glas aus, ohne den Blick von ihnen abzuwenden.

»Wenn noch mal jemand von Fernande redet, schlag ich ihm die Zähne ein... was zu trinken, Patron...«

Er trank wie zu seinen schlimmsten Zeiten, ein Glas nach dem anderen, mit einem Zug.

»Wann machst du seeklar?«

»Weiß ich nicht!«

Das ging sie nichts an. Das ging niemand was an. Was kümmerten sich die Leute plötzlich um seine Angelegenheiten?

Er würde Fernande bei sich behalten oder sie vor die Tür setzen, das ging nur ihn etwas an. Wenn es ihm gefiel, die Tochter von Larmentiel zu heiraten...

Aber erst schon mal konnte er Fernande nie im Leben vor die Tür setzen. Das gehörte zu den Dingen, die man sagt, aber nicht fähig ist zu tun.

Auch das wußte jeder. In einem kleinen Hafen wie Fécamp kennen die Leute alle Geschichten der anderen, als wären es ihre eigenen.

Im übrigen hatte er Fernande schon rausgeschmissen. Nicht nur einmal, zehnmal, fünfzehnmal vielleicht, jedesmal, wenn er betrunken war.

Er kam heim und fand sie in seinem Bett, als wäre sie bei sich zu Hause, sie, deren Platz im Puff war, und dann schlug er sie, er schüttelte sie, stieß sie hinaus, so heftig manchmal, daß sie mitten auf die Straße rollte. Dann warf er ihre Sachen aus dem Fenster und brüllte:

»Laß dir ja nicht einfallen, nochmal deinen Fuß hier reinzusetzen, du Miststück...«

Und dann? Am nächsten Morgen hatte er so Sehnsucht nach ihr wie vorher, denn sie war die schönste Schlampe auf Erden. Und gerade, weil sie eine Schlampe war, weil man ihr Beleidigungen an den Kopf werfen konnte, sie schlagen, sie treten...

»Du warst ganz schön abscheulich, mein Dikker«, sagte sie, wenn sie heimkam, »das nächste Mal laß ich mir das nicht mehr gefallen...«

Und sie hob ihren Rock, um ihm ihre blauen Flecken zu zeigen, auf ihrer atlasweichen Haut, einer Haut, wie sie keine andere Frau hatte, weißer, feinporiger als irgendeine Haut.

Und daran dachten sie alle, hier und im Nachbarcafé, wo die ganzen Affen saßen, die sich nicht herbeiließen, ihm einen Platz an ihrem Tisch freizumachen. Daran dachte auch der Notar, und der aristokratische Schlappschwanz von Larmentiel: Er klebte an Fernande, und wie er klebte!

Die Frauen, die sich vor ihren Haustüren herumstritten, tuschelten sicher, wenn er vorbeiging:

»Schlimm, daß er mit so einer zusammen sein muß!«

Sie vor die Tür setzen! Alle waren der Meinung, daß er sie vor die Tür setzen sollte, vor allem jetzt, wo er der Besitzer eines schönen Motorschiffs war.

Er wußte sehr gut, wie die Leute über ihn dachten. Auch die Matrosen, die hier saßen und auf seine Kosten tranken!

»Er wird es nicht über sich bringen, sie zu verlassen... er ist ihr verfallen... sie braucht nur zu kommen und mit den Hüften um ihn herumzuwackeln, und schon ist er wieder ganz vernarrt in sie... sie kann mit der ganzen Stadt schlafen, vor seinen Augen, und er flennt, damit sie wieder zu ihm zurückkommt...«

Man hatte ihm seinen schönen Tag verdorben. Er trank. Er überlegte. Er stieß mit den anderen an, und er war auf sie alle böse.

Aber Larmentiel hatte angefangen. Nicht der Notar. Der Notar hatte es ihm gesagt. Aber der andere war es, der ihm ein Zeichen gegeben hatte. Es war von vornherein abgemacht gewesen.

Beim Henker, man wollte ihn mit der Demoiselle verheiraten! Wieder eine, die nicht leicht zu halten war. Man erzählte sich weniger über ihn als über Fernande, denn es geschah nicht immer in der Stadt, und die wohlerzogenen Leute sind diskreter, sie lassen ihre Spitzen im geheimen los.

Wie oft schon war behauptet worden, sie sei verlobt? Und das stimmte vermutlich auch. Aber im letzten Moment war es unweigerlich immer schiefgegangen.

»Wenn die Männer merken, wie scharf sie ist, werden sie mißtrauisch...«

Und doch war sie dem Anschein nach ein junges Mädchen wie alle anderen, nicht sonderlich hübsch, auch nicht häßlich, mit lachenden und eher treuherzigen Augen.

Warum, ja, warum hatte man ihm diese Idee in den Kopf gesetzt? Wenn er es jemandem sagte, würde ihm keiner glauben, sie würden sagen, er mache sich Illusionen. Aber er war sich sicher.

»Sie müssen uns dann ab und zu mal besuchen...«

Wenn er Fernande vor die Tür gesetzt hatte! Jawohl, Messieurs, Emile hatte begriffen. Er hatte sehr wohl begriffen. Er war kein Dummkopf.

»Du siehst nicht sehr fröhlich aus heute abend...«

»Was geht's dich an?«

Allmählich bekam er Lust auf Streit. Er wußte, wie es enden würde. Er brauchte nur noch ein paar Schnäpse.

»Übrigens, hast du Fernande gesehen?«

»Was willst du von ihr, he?«

»Ich?... Ich will schon lang nichts mehr von ihr...«

»Was soll das heißen...?«

Der andere wich vor Emiles großen Fäusten zurück.

»Was soll das heißen?«

Als wenn er nicht verstanden hätte!

Der Schlag saß. Stühle wurden umgeschmissen. Emile war zu klar im Kopf, als daß es in eine regelrechte Schlacht ausgeartet wäre, wie an manchen anderen Abenden. Er hatte nur einmal zugeschlagen, und er bereute es. Er hatte nicht die erhoffte Erleichterung gefunden.

»Willst du noch mehr? Ich erzähl dir nämlich lieber gleich, daß mich alles, was über Fernande vielleicht zu sagen ist, kalt läßt... ein für allemal, verstanden?... Kalt wie das da...«

Und er schlug mit der flachen Hand auf den klebrigen Marmor eines Tisches.

»Und übrigens, Fernande...«

Er blieb unverzüglich stehen und betrachtete sich im Spiegel, und er war selber verblüfft über den plötzlichen Ernst in seinen Zügen, über den verschlossenen Ausdruck, den sein Gesicht angenommen hatte.

Und da auf einmal hatte er Angst.

»Ich sag dir, gib mir was zu trinken, Léon...«

Vielleicht war es elf Uhr, vielleicht Mitternacht. Er blieb als einziger übrig in dem kleinen Café, und Léon versuchte, ihm klarzumachen, daß es Zeit war schlafen zu gehen.

Emile widersetzte sich. Seine Zunge war klebrig, sein Blick war bald schweifend, bald erschreckend starr.

»Ich sag dir, gib mir was zu trinken... eines Tages verstehst du das vielleicht... heute abend, weißt du... heute abend...«

Nein! Mehr brauchte er darüber nicht zu sagen. Kein Wort mehr, wirklich. Es war besser, nach Hause zu gehen und zu schlafen, aber dazu hatte er den Mut nicht, er hatte Angst.

Gerade eben hatte sie ihn gepackt, nach dem Faustschlag, genau in dem Augenblick, als er sich im Spiegel gesehen hatte. Ein Gedanke war ihm plötzlich gekommen, er hatte ihn gleichsam durchdrungen, scharf, hart, böse, schrecklich.

Fernande... Ja! Fernande...

Er wagte nicht einmal mehr, es zu denken. Fernande hatte keinen Platz mehr in seinem Leben, das war es. Es war zu Ende. Zu En – de!

Das hatte er mit solcher Macht gespürt – woher nur, bei Gott, war ihm der Gedanke gekommen –, er hatte es mit solcher Macht gespürt, daß es bereits wie geschehen war.

Keine Fernande mehr. Erst dann, nur dann war es etwas wert gewesen, die ganze Anstrengung auf sich genommen zu haben, die er auf sich genommen hatte.

Sie machten Spaß, selbstverständlich. Sie beglückwünschten ihn, daß er es geschafft hatte. Sie sprachen darüber wie über ein Wunder. Aber es war kein Wunder, er war es, es war seine Anstrengung, die Anstrengung seiner ganzen Person, seiner Muskeln, seines Kopfes, seines Willens, die Anstrengung von fast vierzig Jahren eines Männerlebens... Und er hatte das Haus der Larmentiel betreten, und man hatte ihn im Salon empfangen, wo man ihm eine Zigarre angezündet hatte! Er brauchte nur ein Wort zu sagen, eine Geste zu machen, damit sich die Idioten vom Café nebenan gegenseitig anrempelten, wenn er hereinkam, um ihm den besten Platz anzubieten.

»Weißt du, mein lieber Léon, das sind alles Dummköpfe...«

Der arme Léon, der vor Müdigkeit fast umfiel, war so klug, ihm beizupflichten.

»Feiglinge...«

»Aber ja...«

»Was ist deiner Meinung nach ein Feigling?«

»Meiner Treu...«

»Gib zu, daß du es nicht weißt. Ich werd's dir sagen, ich. Ein Feigling, das ist einer, der nicht den Mut hat, seinen Weg zu gehen.«

Er grinste.

»Mach dir kein Kopfzerbrechen... du hast es überhaupt nicht kapiert... ein Feigling... glaubst du, daß ich ein Feigling bin...?«

Er schlug sich mit geballter Faust an die Brust, und Léon verneinte heftig.

»Wenn du wüßtest, was der Typ mir angetan hat...«

Léon fragte nicht, um welchen Typ es sich handelte. Er war an Betrunkene gewöhnt und widersprach ihnen nie.

»Hast du mit Fernande geschlafen?«

Léon sagte nein.

»Selber schuld... im Grunde bist du auch ein Feigling... denn du hast Lust drauf gehabt, wie die andern, aber du hast dich nicht getraut. Wegen deiner Frau, wette ich... gib zu, daß du dich nicht getraut hast...«

»Wenn es sich um die Frau von einem Freund handelt...«

»Ich verbiete dir zu sagen, daß es meine Frau ist, verstanden? Meine Frau... meine Frau... Wenn man das sagen könnte, die Frau von Emile...«

Er stand auf und wischte mit einer Handbewegung die Gläser vom Tisch.

»Was bin ich dir schuldig?«

»Das sehn wir morgen...«

»Weil ich zu besoffen bin... ich habe verstanden... behalte gut, was ich dir gesagt habe: ein Feigling...«

Er betrachtete sich noch einmal im Spiegel, sein Lächeln war drohend. Er sah sich einige Zeit selbstgefällig an, wie einer, der jemandem angst machen möchte.

Alle, wie sie da waren, bespitzelten ihn, jeden Tag, hinter den Türen, hinter den Vorhängen, der Notar, Larmentiel, die Affen aus dem anderen Café, die Matrosen, die Frauen, die sich vor den Türen zankten, bis zu den Gassenjungen.

»Er wird es nicht wagen...«

»Ein Mann wie er...«

»Ein Mädchen wie Fernande...«

»Er schlägt sie, und dann...«

»So wird es immer bleiben...«

»Er würde bis ans Ende der Welt laufen, um sie wiederzuholen...«

Er fuhr mit der Hand durch seine dichten Haare, suchte seine Mütze und setzte sie sich schief auf den Kopf, wobei er sich ständig im Spiegel betrachtete.

»Tschüs, Léon... mach dir nichts draus...«

»Nein, mach ich nicht... gute Nacht, Emile... bis morgen...«

»Morgen ist es besser, das willst du doch sagen, nicht, du Hanswurst...?«

Léon, der seine Läden einhängte, hörte, wie er noch den ganzen Quai entlang vor sich hin kicherte.

2
Abends im Boot

Es regnete fast täglich während dieser zwei Wochen, der Himmel hing tief herab, das Meer war grau und schaumig, es wehte Südwestwind. Selbst wenn es sich dann doch für ein paar Stunden aufhellte, hatte das Pflaster der Quais, die ständig schmierig waren von Fisch, nicht genug Zeit zu trocknen, und die Stiefel der Fischer hinterließen im Sägemehl der Cafés feuchte Spuren.

Emile ging wahrscheinlich keine einzige Nacht schlafen, ohne mehr oder weniger betrunken zu sein, von einer scheußlichen, grämlichen Trunkenheit voll schwerem Groll, und, was ungewöhnlich war, er betrank sich allein in seiner Ecke sitzend, ganz absichtlich.

Was noch ungewöhnlicher war: Wenn er morgens aufstand, fand er auch gleich seine Gespenster wieder vor. Es waren nicht ganz dieselben wie abends. Manchmal war Fernande schon aufgestanden, manchmal nicht, denn manchmal blieb sie viel länger im Bett als er. Gewöhnlich war ihm das lieber. Wie alle Seeleute machte er sich sein Frühstück gern selbst, und wenn es nötig war, machte er Feuer.

Im Schlaf war sie enorm. Sie schlief irgendwie, mehr oder weniger nackt, quer über dem Bett liegend, oder ein Bein hing heraus, und dann war sie, mit ihrem warmen und schlaffen Körper, mit den aufgeworfenen Lippen und den geschlossenen Augenlidern, das wunderbarste Weibchen.

Warum stand sie in diesen Tagen beharrlich als erste auf? Er fand sie in der Küche, in Morgenrock und Pantoffeln, das rötliche Haar ins Gesicht hängend. War es Zufall? Bildete er es sich ein, wenn er bemerkte oder zu bemerken glaubte, daß sie seit dem Tag, als er das Schiff gekauft hatte, eine merkwürdige Art hatte, ihn zu beobachten?

Er war schlechter Laune. Man steht immer mit schlechter Laune auf, wenn man am Tag zuvor zuviel getrunken hat. Er fragte barsch:

»Was hast du, daß du mich so anschaust?«

»Ich? Nichts... ich schau dich nicht an...«

Das war auch nicht ihr gewohnter Tonfall. Für gewöhnlich knurrte sie, wenn er knurrte, wenn er maulte, maulte sie noch stärker. Es war, als ob sie leicht vor ihm zurückwich, als ob sie etwas bedrückte, vielleicht, als ob sie Angst vor ihm hätte.

Sie konnte jedoch nichts geahnt haben. Er hatte zu niemandem etwas gesagt. Obwohl betrunken, behielt er genug klares Bewußtsein, um sich unter Kontrolle zu halten. Er wußte, daß Frauen zu Vorahnungen neigen, aber in diesem Fall, wo es sich um Dinge handelte, die er selbst kaum zu denken gewagt hatte, wäre es denn doch ein Wunder gewesen.

Er war bereits böse auf sie deswegen. Und auch wegen des Hauses, in dem es nach Armut roch, wegen dieses Lebens, das nicht war wie das Leben der anderen. Er war es, der es so gewollt hatte. Na und? War das ein Grund, daß es in alle Ewigkeit so weiterging? Sie waren kein Haushalt. Nichts lief ab wie in einem Haushalt, es war eher so, als lebten sie wie ein Weibchen und ein Männchen im Wald. Sie war sein Weibchen. Er nahm sie, oder er schlug sie. Jeder ging seinen eigenen Weg, dann trafen sie sich wieder, beschnupperten sich, erprobten ihre Krallen aneinander, und das Schreckliche war, daß er nicht darauf verzichten konnte.

Wozu war nun all die Anstrengung gut gewesen, die er gemacht hatte? Er war freundlich zu ihr, absichtlich, damit sie keinen Verdacht schöpfte. Es tat ihm weh, sie anzulügen. Er sagte irgend etwas, so vor sich hin, und er wußte sehr wohl, was es in Wirklichkeit bedeutete.

»Mir scheint, es ist lange her, daß du deine Mutter besucht hast...«

Denn Fernande hatte eine Mutter auf dem Land, bei Orléans, eine alte Frau, von der sie immer ein Photo in ihrer Tasche trug.

»Meinst du nicht, du solltest deine Mutter besuchen?«

»Vielleicht... die nächsten Tage...«

Er schämte sich. Er war ganz krank davon. Er schlüpfte in seine Stiefel, in seinen Wachstuchmantel und ging mit schweren Schritten auf die Quais, vorbei an drei Fischerkähnen, um zur »Deux-Frères« zu gelangen, die am vierten Anlegeplatz im Hafen festgemacht war. Vorher ging er noch zu Léon oder in eine andere Kneipe, um zwei oder drei Kaffee mit Schnaps zu trinken, mit einem Doppelten, und er roch, wie alle zu dieser Uhrzeit, nach warmem Alkohol.

»Wann fährst du zum erstenmal raus, Emile?«

»Bald...«

Die Blechteile des Schiffes waren schwarz, naß, glitschig. Er wurde bereits erwartet, bald von einem Mechaniker, bald vom Seiler, bald vom Zimmermann oder vom Anstreicher. Direkt gegenüber auf dem Quai stand das große Haus von Larmentiel mit seinen Vorhängen, die verhinderten, daß etwas von dem Leben drinnen nach draußen drang.

Er hatte seine Augen überall. Er besprach sich über alles. Zehnmal am Tag lief er von einer Reling zur anderen oder ging mit einem Lieferanten in ein Bistro, und er trank kräftig, ohne einen Funken Fröhlichkeit in den Pupillen.

Oft, wenn sie miteinander kämpften wie die Tiere, wenn sie, wie es manchmal vorkam, beide auf der Erde rollten und sich zu beißen versuchten, hatte Fernande zu ihm gesagt:

»Eines Tages bringst du mich noch um...«

Aber es war nicht »das«, was sie dachte. Sie dachte an seine Eifersuchtsanfälle, wenn er rot sah und auf sie einschlug, ohne sich seiner Kraft bewußt zu sein oder zu wissen, welchen Gegenstand er in der Hand hielt.

Auch er hatte sich immer wieder gedacht, daß es eines Tages ein Ende haben würde. So oder so. Er sagte sich: »Wenn ich wollte...«

Aber er wollte nicht, oder wenn er wollte, dann hatte er nicht mehr den Mut dazu.

Nun, jetzt war es zu Ende. Schon am Morgen, wenn er Fernande in der Küche sah, dachte er daran, daß er sich ihrer entledigen würde. Er wußte auch schon wie. Er sah die Dinge fast schon mit kalten Augen an.

Das war das Schrecklichste. Es waren seine Morgengespenster.

Mit fortschreitendem Tagesablauf, wenn er ein paar Schnäpse getrunken hatte, einen Aperitif, dann wieder ein paar Schnäpse, wenn er mit Pierre und mit Paul redete und an Bord die Rolle des großen Chefs spielte, verloren seine Gedanken die grausame Klarheit, wie sie manche Winterhimmel hatten.

Der Regen lief ihm übers Gesicht, alles war naß, seine Kleider und was er anfaßte, alles hatte den salzigen Geschmack der Flut, und sein Blick und seine Schritte wurden schwerer; er dachte über sich nach, dachte an den kleinen Emile, der nichts weiter gewesen war als ein Gassenbengel und der sich mit seinen Fäusten doch tatsächlich zum Schiffseigner emporgearbeitet hatte.

Er war zutiefst bewegt. Er bewunderte sich. Er schaute auf das Haus gegenüber, wo hinter dem einen Fenster die Umrisse der leidenden Madame Larmentiel zu sehen waren.

Hatte Larmentiel nicht begriffen, daß er noch höher hinaus mußte? Und der Notar, Monsieur Chave? Hatte er nicht schon immer unbestimmt gefühlt, daß es dieses Haus war, oder jedenfalls eines in dieser Art, das er eines Tages bewohnen würde?

Welchen Nutzen hätte es sonst gehabt, daß er sich so angestrengt hatte, anstatt vor sich hin zu leben wie alle anderen?

Er ging heim zum Essen. Fernande hatte gerade eine ihrer Phasen als gute Hausfrau. Auch deswegen war er ihr böse. Er belauerte sie. Sie belauerte ihn. Es machte ihn rasend, aber er wollte es sich nicht anmerken lassen. Aus Klugheit. Weil er seine Entscheidung getroffen hatte.

»Warst du weg?«

»Nein...«

»Hast du deiner Mutter geschrieben?«

»Noch nicht...«

»Willst du sie denn nun besuchen oder nicht?«

Sie zuckte mit den Schultern. Seine Beharrlichkeit war ungeschickt. Sie fragte sich langsam, worauf er hinauswollte.

»Möchtest du, daß ich weggehe? Brauchst du Ferien?«

Das Zusammensein unter diesen Umständen war unerträglich. Im übrigen hatten sie nie ein längeres Zusammensein gekannt wie andere Paare. Ihre Beziehung, oder vielmehr ihre wilde Ehe, denn das war das richtige Wort, war eine andere Ehe als die der anderen.

Es war nicht immer klar, ob sie sich liebten oder sich verabscheuten. Manchmal ging sie fort und streunte herum, wenn es sie packte, drei Tage oder länger, dann fand er sie eines schönen Abends wieder zu Hause vor, wenn er heimkam, und er wußte genau, daß sie verprügelt werden und dann achtundvierzig Stunden mit blauen Flecken am ganzen Körper das Bett hüten würde.

Es war unmöglich, sie vor die Tür zu setzen. Sie

würden sich wiederfinden. Solange sie beide existierten, würden sie sich wiederbegegnen.

Und deshalb war er ihr abends, wenn er einiges getrunken hatte, nicht böse. Im Gegenteil. Er hatte Mitleid mit ihr. Wen er nun verabscheute, das waren die anderen, die Larmentiels, die Chaves, all die Leute, die ihn zwangen, das zu tun, was er tun würde.

Denn er wurde dazu gezwungen. Wenn er es nicht täte, hätte sein Leben keinen Sinn mehr. Beobachteten ihn nicht all die Affen aus dem Café des Goélands ironisch und sagten sich täglich: »Vielleicht passiert es morgen«?

Schließlich kam es soweit, ja, es kam soweit, daß er glaubte, daß die ganze Stadt Bescheid wußte, daß die ganze Stadt »darauf« wartete, daß man ihn spöttisch heimlich beobachtete und sich sagte:

»Er wird es tun...«

»Nein, er hat nicht den Mut dazu...«

Er hatte ihn! Ein Beweis dafür war, daß er sich alle Einzelheiten überlegte. Daß er unaufhörlich auf ihren Besuch bei der Mutter zurückkam.

Nur witterte das Weibsstück eine Gefahr. Sie sträubte sich.

»Warum bestehst du so unbedingt darauf, daß ich meine Mutter besuche? Hast du noch immer nicht genug Hörner auf dem Kopf, daß du mich wegschickst?«

»Du bist abscheulich... die arme Frau...«

Weil er ausgesprochen klug handeln wollte, wurde er ungeschickt, und das fühlte er, es quälte ihn, aber dennoch versteifte er sich darauf.

»Ich besuche Mama, wenn du auf See bist, wenn du zum erstenmal rausfährst...«

Der erste Heringsfang, ein Fangzug von einem Monat, an die norwegischen Küsten.

»Ich setz dich in den Zug, bevor ich ausfahre... dann kann ich sicher sein, daß du nicht mit allen Männern hier herumziehst...«

Der Tag vor dem Auslaufen! Das war plausibler. Sie hatte ihm die Stange hingehalten.

»Jetzt versteh ich«, sagte sie. »Na gut! Wenn du darauf bestehst, nehm ich den Zug am Tag vorher...«

Der Tag wurde festgesetzt. Am Mittwoch bei der Morgenflut wurde Anker gehoben. Sie würde also am Dienstag fahren.

Sechs Tage warten, immer wieder die kleinsten Einzelheiten durchgehen. Sechs Tage auf der Kommandobrücke der »Deux-Frères« herumlaufen und mit aller Welt einen Schnaps trinken, sechs Tage das Haus von Larmentiel betrachten, das sein Haus sein würde.

Er hatte Mitleid mit ihr. Das Gefühl, daß man ihm eine erdrückende Last auf die Schultern gelegt hatte, verließ ihn nicht, aber er wollte nicht kneifen. Hatte er jemals gekniffen? Gab es jemanden in Fécamp, der es hätte wagen können, ihm ins Gesicht zu sagen:

»Emile, du hast gekniffen...«

Niemals! Und wenn er dabei krepieren würde, er würde nicht kneifen. Er war ein Mann. Schon als kleiner Bengel oder als einfacher Schiffsjunge hätte er sich lieber ohnmächtig schlagen lassen als zu kneifen. Sein Vater konnte einiges darüber berichten.

Mehrmals sah er François Larmentiel aus seinem Haus kommen, wenn er sich in sein Büro begab. Jedesmal wandte er sich zum Schiff und gab Emile ein Zeichen, wie um ihn zu ermutigen.

Er konnte nicht mit Fernande zusammenbleiben. Also...

Er hatte schon immer viel getrunken, von morgens an – Kaffee mit Schnaps, Fil-en-six, Schnaps und wieder Schnaps – wie fast alle Seeleute in der Gegend. Jetzt hatte er von morgens bis abends und von abends bis morgens einen schweren Kopf und einen etwas starren Blick. Aber er verlor die Nerven nicht. Nie im Leben!

Er dachte nach. Kein Detail durfte dem Zufall überlassen bleiben. Und so nahm er die Gewohnheit an, die Hummerkörbe etwa eine Meile von der Mole entfernt auszulegen, unten an der Klippe stromabwärts. Er ließ sich dabei vom alten Pierre begleiten, und schon hatte er seine Idee.

Der Tag kam näher. Fernande erlaubte sich auch nicht den kleinsten Fehltritt. So kam es vor, daß sie eine Woche und länger nicht ausging, es sei denn, um ihre Einkäufe in den benachbarten Läden zu machen. Sie zog sich nicht einmal an. Sie machte ein bißchen Haushalt, dann legte sie sich aufs Bett und las stundenlang dicke Groschenromane aus schlechtem Papier, die sie in einer Buchhandlung in der Rue d'Etretat umtauschte.

»Du glaubst wohl, du lebst immer noch im Puff!« sagte er nun zu ihr.

War es nicht das, was er gewollt hatte?

Sie machte sich auch ein Kleid für den Besuch bei ihrer Mutter. Sie hatte durch das Fenster eine Nachbarin zu sich gerufen, um es anzuprobieren, und er fand die beiden mit Nadeln zwischen den Lippen und von Stoffresten umgeben.

Er war schlau wie ein Affe. Schon seine Mutter hatte immer wieder gesagt, als er noch klein war:

»Du bist zu schlau, um anständig zu sein...«

Das bewies er bei der Geschichte mit dem alten Pierre. Nicht umsonst hatte er ihn als Begleiter ausgewählt, um abends die Körbe zu leeren. Er machte das jetzt abends, unter dem Vorwand, daß er morgens Arbeit an Bord hatte.

Der alte Pierre, der sie auf dem Heringsfang begleiten würde, wohnte in Benouville, einem kleinen Dorf an der Küste, zehn Kilometer von Fécamp. Am Abend vor der Abreise würde er zu ihm gehen, wie es üblich war, um sein persönliches Gepäck und seine Verpflegung abzuholen.

Da war auch die Zugfahrkarte. Emile sprach nicht darüber. Er wartete ab. Das war das Schlimmste von allem: abwarten, alles erst zu der Zeit tun, die er festgesetzt hatte.

Am Dienstag mittag war er blasser und frostiger als gewöhnlich. Es regnete nicht an diesem Tag. Der Himmel war kreideweiß, nur einige graue Schwaden zogen darüber hinweg, die in den Klippen hängenblieben.

Für den nächsten Tag war alles vorbereitet. Auch Fernande war abfahrbereit, und als er mittags heimkam, fand er sie gerade dabei, ihren kleinen Plastikkoffer zuzumachen.

Sie schien erstaunt und immer noch ein wenig beunruhigt. Im Grunde hatte sie nicht daran geglaubt, daß er sie tatsächlich zu ihrer Mutter schikken würde, denn sie kannte ihn allmählich und wußte, daß er seine Meinung jederzeit wieder ändern konnte.

»Es hat dich nicht gerade sehr gesprächig gemacht, daß du Schiffsbesitzer geworden bist«, bemerkte sie, als er wortlos beim Essen saß.

Armes dummes Ding! Wenn sie geahnt hätte... Er sah sie mit großen Augen unsicher an, aber jetzt war es zu spät, um etwas rückgängig zu machen. Zu spät für sie, zu spät für »sie beide«, zu spät für François Larmentiel und für alle die Lumpen, die in der Welt herumliefen.

»Ich muß dir noch Geld geben...«

»Du hast doch Zeit gegen Abend, oder? Begleitest du mich nicht zum Bahnhof?«

»Du triffst mich um sechs an Bord... aber es ist gescheiter, wenn du deine Fahrkarte schon hast, falls wir nicht allzufrüh dran sind...«

Er legte Geld auf den Tisch, stand auf und wandte den Blick ab, wobei er wiederholte:

»Vergiß nicht, deine Fahrkarte zu holen...«

»Wenn du drauf bestehst...«

Sie zuckte mit den Schultern. Sie verstand das alles nicht. Sie hatte eine Gefahr gewittert, sie hatte ihn zehn Tage lang beobachtet, ohne dahinterzukommen, was es war, und in dem Augenblick, da sie abreisen sollte...

Es waren die härtesten Stunden, die er abwarten mußte: die letzten. An die zehn Mal ging er über die Reling, um etwas trinken zu gehen. Dreimal vergewisserte er sich, daß das Boot an einem der Ringe am Quai auf der anderen Seite der Schleuse festgemacht war.

»Die Körbe, Patron...«, sagte der alte Pierre, bevor er zum Zug nach Benouville ging.

»Laß nur, ich kümmere mich schon darum, daß sie geleert werden...«

Ein Schiffsjunge wollte das Boot zum Schiff bringen, aber Emile wurde wütend und schrie ihn an, er solle sich um seine eigenen Sachen kümmern.

Er hatte einen so schweren Kopf, daß er zwischendurch nicht mehr richtig klar sehen konnte. Er fühlte sich müder als nach seinem sechsmonatigen Fangzug nach Neufundland, und er starrte böse auf das Haus von Larmentiel.

Um halb sechs ging er noch einmal etwas trinken, dabei stieß er mit dem Knie gegen eine Ankerbäting und tat sich sehr weh.

Um sechs Uhr sah er Fernande mit ihrem kleinen gelben Koffer ankommen. Sie hatte sich wie eine Dame gekleidet, mit einem schwarzen Hut, und sah lächerlich aus. Ihre Mutter hatte sie glauben machen, daß sie eine anständige Frau sei, vielleicht auch, daß sie einen Mann hatte.

Er verzog grinsend das Gesicht.

»Kommst du rauf?« rief er ihr von Bord aus zu.

»Wir haben keine Zeit mehr...«

Der Zug ging um zwanzig nach sechs. Sie hatten zehn Minuten, um zum Bahnhof zu kommen.

»Hast du deine Fahrkarte?«

Wenn sie sie nicht gehabt hätte, wäre er sicher in eine entsetzliche Wut ausgebrochen.

»Ja... beeil dich...«

Er machte absichtlich langsam... So, wie sie auf dem Quai stand, konnten sie alle sehen, alle sahen den Koffer, alle wußten, daß sie abreiste.

Das hatte er sich so ausgerechnet. Aber es war noch lange nicht zu Ende, er mußte noch nach all den anderen Kleinigkeiten sehen.

Glücklicherweise! Wenn man in einem Sturm zum Beispiel nichts zu tun hatte, konnte es vorkommen, daß man vor Angst draufging. Aber wenn man sich um alles kümmern mußte, sich mit den Tauen herumschlagen, mit den Ablaufrinnen, mit den Pumpen, mit der ganzen vertrauten und zugleich tückischen Maschinerie, hatte man keine Zeit zum Nachdenken, erst nachher bekam man weiche Knie und war innerlich ausgehöhlt.

Hier war es ähnlich. Er dachte an die Details, an nichts als an die Details. Jeder Vorgang würde seine Zeit haben.

»Noch einen Moment...«

Noch ein Befehl und noch einer, noch einmal in den Motorraum hinuntersteigen, wo er allein war, einen Augenblick stehenblieb und sich mit beiden Händen an die Stirn faßte.

»Gehn wir...«

Der Zug pfiff schon im Bahnhof. Fernande ging schnell, er war es, der langsam ging.

»Hast du was zum Essen mitgenommen?«

»Ich hab was beim Metzger eingekauft...«

»Warte eine Sekunde auf mich...«

Er ging in einen Laden und verlangte Orangen und Bananen.

»Für Fernande, sie fährt zu ihrer Mutter«, verdeutlichte er vorsorglich. »Beeilen Sie sich... ihr Zug fährt in ein paar Minuten...«

Er schwitzte. Er hatte eigens seine Uhr um zehn Minuten nachgestellt.

»Wir brauchen uns nicht zu beeilen, wir haben noch Zeit...«

Er zeigte ihr seine Uhr. Aber sie hörte, wie der Zug pfiff.

»Warte nochmal einen Moment... ich wette, du hast das Brot vergessen.«

»Aber ich hab welches...«

»Was zu trinken?«

»Ich trinke nie was im Zug. Davon bekommt man nur noch mehr Durst...«

Er kaufte Kuchen, suchte lange in seinen Taschen nach Geld, und endlich, als sie nur noch fünfhundert Meter vom Bahnhof entfernt waren, fuhr der Zug ab.

»Siehst du!« sagte sie, stellte ihren Koffer auf die Erde und starrte ihn an.

»Das hab ich nicht absichtlich gemacht...«

»Hoffentlich...«

Ein unglückliches Wort, das ihm da entschlüpft war, denn gleich darauf war ihm bewußt, daß sie eben daran dachte. Warum hätte er es *absichtlich tun* sollen? Was hatte er damit sagen wollen?

»Ich kann ja den Zug morgen früh nehmen...«

Inzwischen war es Nacht geworden, und auch das war geplant gewesen. Sie konnten nach Hause zurückkehren, ohne gesehen zu werden. Im Haus wohnte sonst niemand.

»Ich weiß nicht, was du seit ein paar Tagen hast... wenn es eine andre ist und ich dir auf die Nerven gehe, sagst du es besser gleich...«

Er steckte den Schlüssel ins Schloß und ließ sie eintreten. Bevor er die Lampe anzündete, dachte er daran, das Rouleau herunterzulassen. Sie aßen, was sie für unterwegs eingekauft hatte, nur die Orangen und die Bananen rührte keiner an, sie blieben auf dem wachstuchgedeckten Tisch liegen.

Eine halbe Stunde mußte er noch warten, bis die Nacht ganz schwarz und der Hafen menschenleer war. Wie immer, wenn sie heimkam, hatte Fernande ihr Kleid ausgezogen – wie wenn man sich häutet, sagte er dazu. Eine Geste, die er so gut an ihr kannte und die ihm diesmal die Kehle zuschnürte.

»Ich sag dir dann auf Wiedersehn, wenn das Schiff ausläuft... es ist komisch... seitdem du Schiffsbesitzer bist, habe ich das Gefühl, daß es aus ist zwischen uns beiden... Woran denkst du?«

»An nichts... nein, zieh dich nicht aus...«

»Warum?«

»Mir fällt plötzlich ein, daß ich meine Körbe noch am Meer habe... der alte Pierre ist in Benouville. Wenn man sie nicht heute abend noch rauszieht, ist alles verdorben...«

»Du findest sicher jemanden, der...«

»Nicht heut abend... du weißt sehr gut, daß alle zu Hause sind... du könntest mir helfen...«

Er vermied es, sie anzusehen, während sie seinen Blick suchte.

»Sag mal, Emile...«, begann sie langsam.

»Was?«

»Nichts...«

Und er dachte: »Sie ist mißtrauisch, die Schlampe...«

Umso besser! Je mehr sie ihn ärgerte, desto weniger würde er überlegen. Er nahm eine Flasche aus dem Schrank und goß sich ein großes Glas Alkohol ein.

»Du pichelst ganz schön in der letzten Zeit, was?«

»Wenn ich's dir anschaffe: Kommst du jetzt mit, ja oder nein!«

Er wurde zornig. Er war hart und böse, mit Absicht.

»Ist wahrscheinlich zu viel, dich zu bitten, daß du mir hilfst! Es bist wohl du, die arbeitet, ja? Es bist wohl du, die den Unterhalt für uns beide verdient!«

Sie schlüpfte in ein Paar alte Schuhe und ein abgenutztes Kleid und suchte nach ihrem wasserdichten Mantel.

»Sind sie weit weg, deine Körbe?«

»Bei der Klippe stromaufwärts...«

»Hättest du nicht früher dran denken können? Wenn ich jetzt meinen Zug nicht versäumt hätte?«

»Halt's Maul!«

Er mußte auch sie daran hindern, nachzudenken. Es war nicht richtig gewesen, daß er die letzten zehn Tage so sanft gewesen war. Das hatte sie mißtrauisch gemacht.

»Komm...«

Ihre Schritte tönten auf der Straße. Nur Schatten begegneten ihnen. Emile mied die Gaslaternen. Das Boot war unter einer Steintreppe verankert, es hob und senkte sich im Rhythmus des Meeresatems.

»Steig runter...«

Er sah sie nur undeutlich, aber er fühlte, daß sie zögerte, und wurde wütend:

»Kommst du jetzt runter, ja oder nein!«

Sie brummte etwas zwischen den Zähnen, und er fragte sich was, aber er wagte nicht, sie danach zu fragen!

»Setz dich hinten hin...«

Er ließ das Tauende los, stemmte sich gegen den steinernen Quai, und das Boot glitt auf die Fahrrinne zu, leicht von der Ebbe fortgetragen.

Er steckte die Ruder in die Dollen und setzte sich auf die Ruderbank. Über ihren Köpfen drehte sich der Lichtschein des Leuchtturms. Die kleinen gelben Lichter des Quais und die beleuchteten Fassaden des Cafés entfernten sich zusehends, und schwarze und geräuschvolle Feuchtigkeit umfing sie immer mehr.

Es war zu spät, um nachzudenken. Er hatte auch ohnehin keine Lust dazu. Es war alles beschlossen, und es war, als hätte dieser Entschluß mit ihm, der ihn gefaßt hatte, nichts mehr zu tun. Jetzt hatte er nur noch eine Aufgabe zu vollbringen, das war alles. Es war eine schwierige, unangenehme Aufgabe, aber er war ein Mann, und gekniffen hatte er nie.

Was ihn störte, war nur, daß Fernande unbeweglich dasaß, das konnte er fühlen, und daß sie ihn sicher starr ansah. Sie kehrte den Rücken dem Hafen und dem vagen Lichtschimmer zu, der von ihm ausging. Er hingegen, über die Ruder gebeugt, wandte ihr vermutlich ein leicht milchweißes Gesicht zu, das sich von der Finsternis abhob.

Er bemühte sich, seine Züge starr, seinen Blick ausdruckslos erscheinen zu lassen.

»Bist du stumm geworden, he?«

Denn sie sagte kein Wort, sie rührte sich nicht.

»Hast du nicht gehört, daß ich mit dir rede?«

»Doch.«

»Also?«

»Nichts...«

Sie hatte Angst. Er war sicher, daß sie Angst hatte.

Die Stimme war nicht ihre gewohnte Stimme. Sie zitterte nicht, aber die Laute schienen nicht aus ihrem Mund zu kommen.

Noch ein paar Minuten. Wenn sie die letzte Klippe umschifft hätten, würden sie sich in vollständiger Dunkelheit befinden, und im Boot war alles vorbereitet.

Für alle Welt war sie abgereist. Sie hatte nachmittags am Bahnhof ihre Fahrkarte geholt, als sich dort niemand aufhielt, und der Schalterbeamte hatte genug Zeit gehabt zu sehen, wer seine Kunden waren. Fast jeder kannte sie.

Abends in all dem Herumgeschiebe konnte ganz gut keiner gesehen haben, wie sie in den Zug stieg.

»Friert's dich?« fragte er.

Die Stille war ihm unerträglich. Auch diesmal antwortete sie nicht, und das quälte ihn, er fragte sich, was sie dachte. Langsam bekam er seinerseits Angst.

»Wenn ein paar Hummer dabei sind, kannst du sie deiner Mutter mitbringen.«

Er schämte sich für diese Worte, aber er mußte unbedingt etwas zu reden finden, um das monotone Geräusch der Ruder zu unterbrechen.

»In einer Stunde…«

Er selbst hatte eine Eisenstange und ein Tau hinten ins Boot gelegt. Unter seiner Bank lag ein Hammer.

Dann war es beschlossene Sache gewesen, es gab nichts mehr zu überlegen.

»Hör mal, Fernande…«

»Was?«

»Siehst du nicht links ein Signal?«

Sie waren nicht mehr weit entfernt von der Stelle, wo er die Körbe ausgelegt hatte.

»Ich sehe nichts…«

»Noch ein bißchen weiter links...«

Seine Stimme wurde tonlos. Er konnte nicht mehr warten. Eine Art Schwindel packte ihn, er mußte sofort zum Ende kommen. Er ließ die Ruder los, ergriff geräuschlos den Hammer unter der Bank.

»Mehr links... sieh genau hin... schau, dort...«

Er stand im Boot und kam nach hinten. Er wiederholte hartnäckig:

»Siehst du nichts?«

Sie drehte ihm den Rücken zu, davon war er überzeugt. Es war zu schwarz, um sicher sein zu können. Er hob den Arm.

Es war nur die Sache von einigen Zehntelsekunden, aber genau in diesem Augenblick fühlte er etwas seinen Körper entlanggleiten. Beinahe hätte er das Gleichgewicht verloren. Fernande hatte plötzlich den Platz gewechselt. Sie hatte sich nach vorn gestürzt, über die Bänke hinweg.

Und sie hatte ein Wort ausgestoßen, ein einziges Wort, das ihm noch lange in den Ohren dröhnte:

»Schuft!«

Sie blieb stehen, ihm gegenüber, am anderen Ende des Bootes, und er merkte, daß er immer noch seinen Arm erhoben hielt. Er ließ ihn sinken und ließ den Hammer fallen.

Es war aus. Es war schiefgegangen. Es war ihm jetzt eiskalt, er war ganz benommen und wußte nicht, was er tun sollte. Einen Augenblick lang hatte er sogar Lust, sie um Verzeihung zu bitten.

Es kam ihm nicht in den Sinn, sie zum Ende des Bootes zu verfolgen, sie von vorn anzugreifen, trotz allem ein Ende zu machen; was ein leichtes war, denn er war ja der Stärkere.

Das wußte sie so gut, daß sie keine Angst mehr hatte. Sie stellte nur fest:

»Ich hab doch geahnt, was du da ausgeknobelt hast...«

Die Flut schaukelte sie. Sie streiften den großen Korkkegel, der für einen der Körbe als Signal diente. Der richtige Moment, um die Körbe auszuleeren! Dennoch machte er eine Bewegung, wie um im Vorbeifahren danach zu greifen.

»Du kannst dich wieder an die Ruder setzen...«

Er mußte ihr den Rücken zukehren, wenn er sich hinsetzte. Er zögerte. Fast hatte er nun Angst.

»Beeil dich... mich friert...«

Er setzte sich und packte die schweren Ruder. Der Lichtschein des Leuchtturms drehte sich weiter im Himmel. Man konnte das Murmeln der Brandung am Fuß der Klippe hören.

Er sagte nichts. Er konnte nichts sagen. Es war schrecklich. Sie hinter sich zu fühlen, auch sie schweigend, den Blick gewiß auf die dunklen Umrisse seines kräftigen Rückens gerichtet.

Eine Verzweiflung überflutete ihn, ein Gefühl der Demütigung vor allem, ein so klares Bewußtsein seiner elenden Lage, daß er sich sicher war, kein Mann habe je ähnliches erlebt.

Er hätte weinen können. Hilflos und still weinen, wie ein Kind. Er hätte ununterbrochen stammeln können: »Verzeih mir...«

Und er tat nichts, als im Taktschlag rudern, ohne

zu wissen, wo er war, hinter sich Fernande, die zu dieser Stunde hätte tot sein müssen und die das wußte.

Es dauerte Jahrhunderte. Sie sagte nichts, und er sagte nichts. Von Zeit zu Zeit drehte er sich um, um nach den grünen und roten Leuchtfeuern an den Molen zu sehen. Zwischen den Pfählen war das Rudern schwieriger, wegen der Ebbe, die sie aufs offene Meer trieb.

Endlich näherten sie sich der grauen Wand, der Treppe, die fast ganz im Freien lag und deren untere Stufen von glitschigem, grünlichem Moos bedeckt waren.

Sie hatte keine Angst mehr. Während er den Ring festhielt, schlüpfte sie noch einmal ganz nah an ihm vorbei, sie berührte ihn, dann machte sie einen Satz und befand sich auf fester Erde. Sie stieg hinauf, ohne sich umzudrehen. Sie hatte ihm nicht gesagt, wohin sie ging. Er überlegte, ob er ihr folgen sollte.

Er dachte an nichts mehr, und wie ein vertrottelter alter Matrose stieg er mit dem Seilende nach oben und befestigte es an einem Ring, nachdem er die Ruder sorgsam auf dem Boden des Bootes verstaut hatte.

Sie ging den Quai entlang. Er hörte, wie sich ihre Schritte entfernten. Dann fuhr er zusammen. Sie ging nach rechts. Sie verschwand in der Rue d'Etretat.

Er war jetzt sicher, daß sie nach Hause ging, und blieb lange auf dem Quai stehen, ganz allein, mit herabhängenden Armen, den Rücken der schwarzen Masse der Fischkutter zugekehrt, an denen ein paar kleine Lichter flimmerten.

3
Die Morgengespenster und die Abendgespenster

Es gibt Sätze, die drängen sich einem auf wie der Refrain eines vergessenen Liedes, sie nehmen einen gefangen, und man kann sich nicht mehr von ihnen befreien.

»Ich wußte genau, daß es der eine oder der andere sein würde...«

Er käute diese Worte stur wieder, ohne zu wissen, was sie eigentlich bedeuten sollten. Dennoch waren sie, davon war er überzeugt, die logische Schlußfolgerung von dem, was er durchlebt hatte, die Schlußfolgerung seines ganzen Lebens, des Lebens von Emile.

Dinge, die er erlebt hatte, gehörten dazu, das wußte er, Dinge, die er unfähig war zu präzisieren. Sein Kopf war zu leer. Seine Morgengespenster und seine Abendgespenster...

Morgens, wenn er aufstand und Fernande in Pantoffeln in der Küche antraf, wenn er sich sagte, daß damit ein Ende sein müsse, koste es, was es wolle...

Aber wozu jetzt noch darüber nachdenken? Und die anderen, die Abendgespenster, wenn er den kleinen Emile beklagte, der sich so sehr angestrengt hatte und ein Mann geworden war.

Er hatte Lust zu trinken. Er hatte den Durst eines

Säufers, ein Bedürfnis zu trinken und immer noch mehr zu trinken, aber die Hafencafés waren geschlossen, und die Straßen waren leer, nur in den Fenstern in den oberen Stockwerken brannten noch ein paar Lichter.

Kranke, die gepflegt wurden, Leute, die nicht schlafen konnten, vielleicht Tote, für die die Totenwache gehalten wurde, oder Frauen, die niederkamen... Er wußte es nicht. Es war auch nicht von Bedeutung.

Er war ganz leer innen. Er hing an nichts mehr, stand mit nichts mehr in Verbindung. Aber er hatte Durst, und er konnte nicht nach Hause gehen und die Flasche leer machen, die er in den Schrank gestellt hatte, bevor er wegging.

»Mir scheint, du pichelst ganz schön zur Zeit, Emile...«

War es das, was sie gesagt hatte? Kaum von Bedeutung.

Er hatte Durst. Beinahe hätte er bei Léon mächtig auf die Fensterläden geschlagen, damit er aufstand. Léon war ihm das schuldig. Wieviel tausend und abertausend Schnäpse hatte er schon bei ihm getrunken, he? Wenn man sie zählen müßte... zehn, zwanzig am Tag... und noch die, die er ausgegeben hatte – denn er war schnell dabei, einen auszugeben. Nicht aus Gutmütigkeit, nicht aus Großzügigkeit. Sondern weil er ein Mann war, weil er Emile war, und weil Emile in der Lage war, ganz gleich wen zum Trinken einzuladen.

Er ging weiter... Unablässig hoffte er, einen

Lichtstrahl durch die Fensterläden sickern zu sehen, aber alles war zu, alles war schwarz. Da fiel ihm der einzige Ort ein, wo jetzt noch offen war, ganz unten im Hafen, das Haus, wo er Fernande kennengelernt hatte, das Puff, in dem er so viele Nächte verbracht hatte.

Er stieß die Gittertür zu dem Lokal auf, blieb eine Weile in dem rötlichen Licht stehen und betrachtete zwei Frauen, eine in einer blauen und eine in einer gelben Bluse, eine braunhaarige und eine blonde, die auf einer Bank saßen und strickten.

»Zu trinken...«, sagte er im Befehlston, bevor er sich hinsetzte.

Er hatte Durst. Er mußte sofort trinken, um die unerträgliche Leere in sich aufzufüllen.

»Setzt du dich nicht zu uns?«

Er sah sie von weitem an, von oben herab, mit extremer Gleichgültigkeit, und als die Flasche und die Gläser gebracht wurden, holte er die Flasche vom Tablett, trotz der abwehrenden Bewegung, die die Serviererin machte, setzte die Lippen an den Flaschenhals und saugte die nur ganz schwach goldfarbene Flüssigkeit ein.

»Na gut, mein Lieber...«

Man konnte sehen, wie sich in der Flasche der Alkoholspiegel senkte, und er trank, bis ihm die Luft ausging. Dann ließ er das Gefäß einfach auf den Boden fallen, wo es zersprang.

Jetzt ging es ihm besser. Heiße Wellen stiegen ihm in den Kopf, aber er war so erschöpft, daß er sich setzen mußte.

»Was ist mit dir, Emile? Gibt es Ärger mit Fernande?«

Er grinste nicht einmal. Obwohl er Lust dazu hatte. Es war alles so weit weg! Die beiden Frauen waren so winzig wie am Ende eines Fernglases, das man umgekehrt hält.

Er lachte innerlich. Ganz allein für sich. Kein anderer konnte das verstehen. Emile, der kleine Emile...

»Mit Emile ist es aus!«

Noch ein Satz, der ihm einfach so in den Kopf kam und den er für sich wiederholte. Mit dem kleinen Emile war es aus!

Wenn schon!

»Gibst du trotzdem was zu trinken aus?«

Eine weit ausholende, vage Geste. Was hatte das alles mit ihm zu tun, guter Gott?

»Auch zu trinken...«, lallte er.

Sein Kopf war so schwer, daß er ihn hätte beinahe auf seine Arme fallen lassen, und dann wäre er wohl eingeschlafen, hier auf dem Tisch, so tief, daß es keinem gelungen wäre, ihn wachzukriegen.

An der Wand hingen schlechte Zeichnungen, wie man sie auf dem Jahrmarkt findet, mit nackten Frauen darauf und pausbäckigen Engeln im blauen Himmel.

»Ich wußte genau, daß es der eine oder der andere sein würde...«

Er zitterte. Er erinnerte sich an nichts mehr. Was hatte er beschlossen? Was sollte dieser Satz bedeuten?

Er klammerte sich daran fest wie an einem Orakelspruch. Er wußte, daß er diese Nacht noch eine Aufgabe zu erfüllen hatte. Aber welche?

Er trank noch ein paar Schnäpse, von denen er die Hälfte über sein Trikot verschüttete.

»Ich werde nach Alkohol stinken«, sagte er laut.

Er merkte, daß die Frauen allmählich Angst vor ihm hatten, und die eine, die in der gelben Bluse, flüsterte in der Ecke bei der Theke mit der Sousmaîtresse.

»Ich bin harmlos...«, beteuerte er schwerfällig und versuchte zu lachen.

Jedenfalls für sie. An das andere mußte er versuchen sich zu erinnern.

»Es wird der eine...«

Oder der andere! Das war's! War er ein Mann, ja oder nein? War er nicht Emile? Läßt sich ein Emile von einem jämmerlichen Feigling einfach so herumkommandieren?

Ja oder nein!

Das werden wir ja sehen!

»Einer von beiden wird es sein...«

Fernande war nach Hause gegangen. Das war wirklich ein starkes Stück! Nie hätte er geglaubt, daß sie so sein könnte. Oder vielleicht doch. Fernande war seine Frau, er hatte sich nicht umsonst sie ausgesucht.

Sie hatte ja auch keine Angst gehabt!

Die Schufte, das waren...

»Der eine oder der andere!« schrie er und schlug mit der Faust auf den Tisch.

Er stand auf. Er stieß an eine Mauerecke. Er holte eine ganze Handvoll kleiner Scheine aus der Tasche, denn ein Mann, ein richtiger Mann, gibt sich nicht damit ab, die Scheine in eine Brieftasche zu ordnen wie Bücher in einer Bibliothek.

So war er.

»Der eine oder der andere!« schrie er noch einmal, als sich die Gittertür hinter ihm schloß.

Er ging etwas im Zickzack. Das wußte er.

»Aber ich bin nicht betrunken...«

Wenn er betrunken gewesen wäre, hätte er es gewußt. Er war müde, entsetzlich müde. Nur war es noch nicht Zeit, um schlafen zu gehen. Er konnte nicht so heimgehen, sich neben Fernande legen...

»Der eine oder der andere...«

Vor Larmentiers Haus hätte er beinahe angefangen zu grölen: »He! François!... Komm runter...«

Aber er war gut erzogen. Rauh vielleicht. Weil er ein Mann war. Aber doch gut erzogen. Nie hatte ihn die Polizei von der Straße aufgelesen wie so viele andere. Er war höflich zur Polizei, auch wenn er das Doppelte getrunken hatte, wie vorhin.

Er klingelte.

Er klingelte zweimal, dreimal, und sah die Fenster an, die beharrlich schwarz blieben. Der Zorn begann ihn zu packen.

»Nachdem ich gesagt habe, der eine oder der andere...«

Die Abendgespenster... Das ging niemand anderen etwas an als ihn... er verstand sich, und das genügte...

»Hallo, François!«

Wer würde aufmachen? Ein Dienstmädchen? Sie hatten mindestens drei Dienstmädchen, kleine Gänse von sechzehn Jahren, die schlecht bezahlt waren und immer aussahen, als hätten sie gerade geweint. So ist das bei solchen Leuten. Zahlen tun die nicht. Die sagen zu einem:

»Ich nehme an, Sie werden nicht mit Fernande zusammen bleiben...«

Die bieten einem eine dicke Zigarre an, nach einem Blick aus den Augenwinkeln zu Monsieur Chave, dem Notar. Dann rufen sie das Mädchen, wie die Sous-maîtresse im Bordell...

Er versetzte der Tür einen Fußtritt, einen ganz leichten Fußtritt, der nichts zu besagen hatte, nur um ihnen beizubringen, daß sie gefälligst aufmachten, wenn Leute kamen und höflich klingelten. Und in diesem Augenblick fragte eine Stimme hinter der Tür, ganz nahe:

»Wer ist da?«

Es war die Stimme von François, von Monsieur François Larmentiel, der endlich heruntergekommen war und in seinem gestreiften Pyjama gewiß zitterte. Denn Emile war sicher, daß er einen gestreiften Pyjama trug, wie sie in den Auslagen der eleganten Wäschegeschäfte zu sehen waren.

»Emile...«

»Wie?«

»Emile, wenn ich's sage... ich bin's, Emile... Ich muß mit Ihnen sprechen...«

Der andere fingerte an den Riegeln herum, an ei-

ner Sicherheitskette und drehte einen Schlüssel im Schloß, während Emile eine Art Heiterkeit überkam.

Warum hatte er daran nicht eher gedacht. *Er*, das war doch das einfachste.

»Der eine oder der andere...«

Durch einen Spalt kam Licht. Ein besorgtes Gesicht war halb zu sehen und unordentliches Haar.

»Lassen Sie mich rein...«

Ungern. Wirklich ungern. François Larmentiel wich zögernd hinter der Tür zurück.

»Was...«

Die Dienstmädchen im dritten Stock konnten nichts hören. Vielleicht hörte Madame Larmentiel im ersten Stock ein Geräusch, aber nicht laut, nur, daß etwas auf die Fliesen fiel.

Dann schloß sich die Tür wieder. Schritte entfernten sich. Es war Emile, der fortging und dem die Finger wehtaten, denn er hatte sehr fest zudrükken müssen, es war viel schwerer gewesen, als er gedacht hatte.

Endlich hatte er es hinter sich, und nun ging er eilig zur Rue d'Etretat. In seinem Haus brannte Licht, in einem Fenster im ersten Stock, im Schlafzimmer.

Fernande schlief noch nicht. Um so besser! Den Schlüssel hatte er noch in seiner Tasche. Er tastete ein wenig herum, bis er das Schlüsselloch gefunden hatte.

Was dachte sie, als sie ihn heimkommen hörte?

Hatte sie noch Angst? Sicher nicht! Sie war seine Frau. Sie hatte das sicher sofort begriffen.

Er schloß die Tür wieder. Seine Bewegungen waren langsam, wenn auch genau. Er nahm sich Zeit. Von nun an hatte er jede erdenkliche Zeit. Und darüber hinaus!

Als er den Schalter suchte, fiel ihm ein, daß im Treppenhaus die Birne durchgebrannt war. Er stieg auf Zehenspitzen hinauf.

»Der eine oder der andere...«

Sie oder er!

War es nicht besser, wenn er es war, der gemeine Kerl, der ihm Flausen in den Kopf gesetzt hatte? Er suchte den Türknopf, stieß die Tür auf und sah sie auf dem Bett liegen, im Hemd, und sie sah ihm ruhig entgegen.

Er hätte gerne etwas zu ihr gesagt, ihr erzählt, was geschehen war, aber er fand nicht gleich die Worte, er wußte nicht, wie anfangen, und er begann damit, seine Stiefel auszuziehen. Er brauchte Zeit. Seine Jacke, dann seine Hose.

Sie sah ihn an. Er freute sich auf die Überraschung, die er ihr bereiten würde.

»Weißt du, Emile... es ist..«

Er ist ein Mann! Und ein Mann macht keinen Rückzieher. Bei seiner Frau, das mag noch hingehen. Aber bei einem François Larmentiel, nein! Oder...

Er zog sich den Pullover über den Kopf und stand in der Unterhose mitten im Zimmer, ohne sich zu schämen.

»Rück rüber!« sagte er, als er sich dem Bett näherte.

Und als sie sich nicht rührte, als sie ihn immer noch ansah und zu begreifen versuchte, sagte er schließlich, ohne daß er hätte einen Funken von Stolz unterdrücken können, der in seinen Augen aufflackerte:

»Du brauchst keine Angst zu haben! Ich habe ihn getötet... Emile, weißt du... Emile, der ist...«

Er streckte sich mit einem Seufzer der Erleichterung neben dem bereits warmen Körper von Fernande aus, und lange danach, mit geschlossenen Augen, ein wenig Wasser zitterte zwischen seinen Wimpern, lallte er:

»Sie holen mich morgen früh... es braucht dich nicht zu kümmern...«

*Das Gesamtwerk
von Georges Simenon
erscheint im
Diogenes Verlag*

Axel Kühner

Von Herzen Dank

55 kleine Geschichten für einen lieben Menschen

neukirchener aussaat

MIX
Papier aus verantwortungsvollen Quellen
FSC® C006701

Dieses Buch wurde auf FSC®-zertifiziertem Papier gedruckt. FSC® (Forest Stewardship Council®) ist eine nichtstaatliche, gemeinnützige Organisation, die sich für eine ökologische und sozialverantwortliche Nutzung der Wälder unserer Erde einsetzt.

Bibliografische Information der Deutschen Nationalbibliothek
Die Deutsche Nationalbibliothek verzeichnet diese Publikation in der Deutschen Nationalbibliografie; detaillierte bibliografische Daten sind im Internet über http://dnb.d-nb.de abrufbar.

2. Auflage 2014

Umschlaggestaltung: Andreas Sonnhüter, Niederkrüchten, unter Verwendung eines Bildes von © Galnya_P/iStockphoto.com
Lektorat: Marlene Fritsch, March
DTP: Breklumer Print-Service, Breklum
Verwendete Schriften: Bembo und Matrix Script
Gesamtherstellung: CPI books, Ebner & Spiegel, Ulm
Printed in Germany
ISBN 978-3-7615-6081-5 Print
ISBN 978-3-7615-6082-2 E-Book

www.neukirchener-verlage.de